图书在版编目（CIP）数据

沂蒙脱贫带边疆：九间棚建设小康社会 30 年目睹记 / 李锦著 .— 济南：山东友谊出版社，2021.2

ISBN 978-7-5516-2264-6

Ⅰ. ①沂… Ⅱ. ①李… Ⅲ. ①纪实文学－中国－当代 Ⅳ. ① I25

中国版本图书馆 CIP 数据核字 (2021) 第 028951 号

沂蒙脱贫带边疆
——九间棚建设小康社会 30 年目睹记
YIMENG TUOPIN DAI BIANJIANG
——JIUJIANPENG JIANSHE XIAOKANGSHEHUI 30 NIAN MUDUJI

策　　划：何慧颖
责任编辑：张亚欣　赵　锐　王　苑
装帧设计：刘一凡

主管单位：山东出版传媒股份有限公司
出版发行：山东友谊出版社
地址：济南市英雄山路 189 号　邮政编码：250002
电话：出版管理部（0531）82098756
市场营销部（0531）82098035（传真）
网址：www.sdyouyi.com.cn
印　　刷：山东新华印务有限公司

开本：880mm×1230mm　1/32
印张：10　字数：180 千字
版次：2021 年 2 月第 1 版　印次：2021 年 2 月第 1 次印刷
定价：68.00 元

谨以此书

纪念全面建成小康社会

献给中国共产党成立 **100** 周年

祝贺新疆喀什地区岳普湖县九间棚金银花专业合作社

2021 年获评全国脱贫攻坚先进集体

20 世纪 90 年代初，九间棚村党支部被中央组织部命名为“全国先进基层党组织”，成为“愚公移山，改造中国”的一面旗帜。九间棚展览馆从外形上看就像一座城堡，象征着党支部的战斗堡垒作用。习近平总书记的赞语——“九间棚虽然地处偏远，但风景这边独好”，镌刻在一块红旗形巨石上。

九间棚虽然地处偏远，
但风景这边独好。
——习近平
组织战斗

每年的四月初是九间棚最为美丽的时节。这里地处著名的天宝山区，群山连绵，谷深涧幽，山上云雾缭绕。抗战时期，我们党在这里开辟了革命根据地。改革开放以来，党又带领人民凭借“团结奋斗、顽强拼搏、坚韧不拔、艰苦创业”的九间棚精神，奏响了脱贫致富和带动边疆建设小康的激昂乐章。

过去的九间棚村道路不通，土地瘠薄，水源奇缺，自然条件和生存环境极其恶劣，是出了名的“干山顶”“贫困村”。

九间棚村民世世代代在30米长的九间石棚里生活了二百多年，缺水、没路、没电。

九间棚山顶上只有一处山泉，到了旱季，村民们只能排队打水。

1984年，30岁的刘嘉坤担任九间棚村党支部书记。在村民大会上，他提出了架电、修路、引水上山的发展大计。

九间棚村集中全部壮劳力，越沟壑、攀山梁，将每根 900 多公斤重的高压线杆一根根扛上了龙顶山。

通电后，九间棚村民兴奋地聚在一起看电视。

九间棚人用最原始的修建方式，亲手用一块块石头垒筑起城墙般的路基，其间渗透着多少血、多少汗！

路，在九间棚人脚下一寸一寸地延伸，由点成线，由线成面，连成一条长 3500 米、宽 6 米的盘山大道。

为了引水上山，党员干部、青年团员组成“先锋队”，在悬崖峭壁上凿石头、打炮眼、安管道。

村里兴建扬水站，男女老少齐上阵，妇女把孩子带在工地上。

从没水吃到有了游泳池，村民们兴奋不已。1990 年夏天，九间棚有 20 名村民学会了游泳，村里举办游泳比赛，为山村带来欢乐。

1991 年，九间棚人在县城办起花岗石厂。花岗石厂当年建成、当年投产、当年见效益，帮助九间棚人掘到了下山后的“第一桶金”。

部分农民也开始走出大山，图为村民刘立合扛起行李进城办厂，母亲为他送行。

1990 年 4 月 14 日，龙顶山下的赵家庄公路上停满了大客车，人们排队等着上山参观，学习九间棚精神的标语也挂在公路上方。

1990 年 6 月 11 日，宋平同志写信赞扬九间棚的共产党员，这封信被村民抄写在葛记芳家墙上。

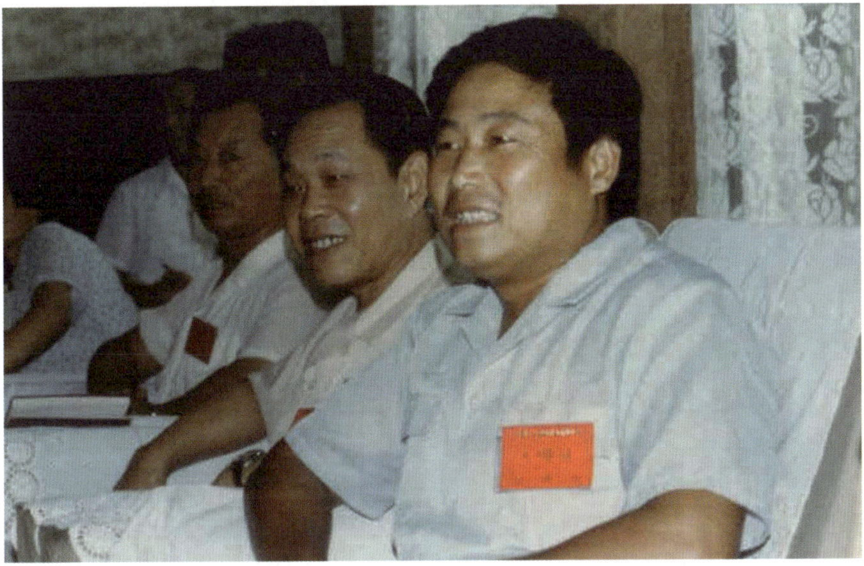

莱西会议于1990年8月召开，刘嘉坤是在会上发言的唯一的基层党支部书记。此后，中共中央把九间棚作为农村基层党组织的先进典型推向全国。

自2000年起，九间棚立足当地资源优势，发展金银花产业，形成了良种选育、推广种植、产品流通、药品食品研发的金银花全产业链。他们选育的花蕾期超长的“北花一号”，成为中国金银花更新换代的首选品种。

九间棚成立金银花专业合作社，一头连着群众，一头连着市场，为金银花的生产、推广和销售提供全面周到的服务，带动了平邑县上万名农民靠种金银花致富。图为金银花合作社社员在领到返利后露出满意的笑容。

2011 年，首届中国金银花节暨金银花高峰论坛在临沂市举办。

九间棚科技园在云南、贵州、重庆、内蒙古、青海、甘肃、新疆等省、自治区、直辖市创办子公司，在全国推广种植金银花20多万亩，帮助20多万贫困地区农民发展金银花产业，实现脱贫。图为公司员工在甘肃指导农民种植金银花。

九间棚技术人员在云南省云龙县组织农民举办金银花采摘大赛。

九间棚新疆分公司在岳普湖县政府的支持下，投资2000万元，建起了金银花加工厂，工厂职工绝大部分是维吾尔族贫困农民。图为2019年，九间棚新疆分公司总经理庄洪兵在农民夜校给当地群众上课。

扶贫扶在根上，维稳维在心里。九间棚人借助金银花产业链，形成“公司＋合作社＋农户”的模式，让新疆群众从根本上脱贫，进而维护了当地社会的长治久安。

MAC
ROAD
SHION KIDS SPORT WEAR

国
论坛的
位领导、专家、朋友

全国各地学习九间棚精神的热潮经久不息。图为2011年，参加第十一届全国“村长”论坛的54位少数民族村干部代表和大学生村官到九间棚参观学习。

进入新时代，九间棚村党委创新党建形式，从党委书记到普通党员，全面实行积分制管理。经过两年试点、三年推行，他们营造了公开、公平、公正的良好氛围。图为党员打分、投票、计票现场。

九间棚人富裕了，生态与健康又被提上了发展日程。他们建起了不用化肥、不用化学农药、不用地膜、不用激素、不用除草剂、不用转基因的“六不用”生态农场。图为刘嘉坤与中国科学院植物研究所蒋高明教授在农场观察“六不用”金银花的生长情况。

九间棚通过建设寿山农场、农事体验区，采用“六不用”技术种植金银花与山果，打造新时代乡村振兴的齐鲁样板。生态美成为九间棚最新的色彩。图为寿山农场“六不用”金银花的收获场景。

近年来，九间棚致力于美丽乡村建设，大力发展乡村旅游。2019年，九间棚景区被评为国家4A级旅游景区。阳春三月，桃红、梨白、柳绿、松青，遍地芳菲，置身其间，如在画中。

巧夺天工的山川美景、淳朴厚道的乡村风情、以艰苦创业闻名全国的九间棚精神，共同造就了九间棚的绝好景致。

九间棚人住房的变化，诉说着历史的变迁。

有了水，龙顶山变得生机盎然。图为夏天的天潭水库。

红门根悬崖上，山门矗立，上面刻着一副对联：“九间棚九柱擎天，龙顶山龙虎斗地。”

截至 2020 年，九间棚已有 109 名党员。图为刘嘉坤书记带领九间棚党员重温入党誓词。几十年来，刘嘉坤反复对党员们说：不论在什么情况下，都不能忘记自己是一名共产党员，要为党争光；不论走到哪里，都不要忘记咱是九间棚人，不能为九间棚人丢脸。

写在前面

2020年，中国全面建成小康社会。面对这样一个震古烁今的社会变革，我们有必要寻找一个乡村样本，通过“解剖麻雀”的方法，为这场变革做出说明。

山东省平邑县九间棚村就是一个这样的样本。这不仅因为九间棚村在脱贫前后反差巨大，可谓有天壤之别，还因为九间棚精神在沂蒙山区整体脱贫中发挥了巨大作用，更因为九间棚人在支援边疆脱贫的过程中总结出了“扶贫扶在根上，维稳维在心里”的脱贫维稳新经验。他们建设小康社会的事迹生动感人、过程艰难曲折、内涵丰富深邃，具有印证这段中国脱贫攻坚历史的分量，拥有体现这个史诗般事件的价值。

九间棚是沂蒙山区一个山顶上的村庄，四面皆是悬崖峭壁。新中国成立时，这里的九间石棚里住着九户人家，“九间棚”因此得名。直到1963年，这里的群众还生活在石棚里，村里没有电，更没有下山的路，还因为缺水被称为“干山顶子”。那时，即便在整个中国范围内，九间棚村也是最为贫穷的村庄之一。

1989年，我在九间棚村见到一个叫徐芳兰的小脚老太太，她穿得拖一片挂一片的，提着一瓦罐水翻山越岭地回家。路上遇到上学的孙子，她赶紧从罐子里舀出一碗水，看着孙子咕嘟咕嘟地把碗喝个底朝天。老太太对我说：“什么时候能让俺大孙子喝饱水，俺就知足了。”

这一幕，我拍下了；老太太的话，也深深地刺痛了我的心。

从20世纪70年代起，我开始记录沂蒙山的贫困。

能吃顿饱饭、喝顿饱水，是人最起码的需求，然而在这里，曾是奢望。

从 1984 年到 1989 年的五年间，刘嘉坤等九间棚的共产党员带领村民架电、修路、引水、垦地，每人每年投入义务工 310 个，使九间棚成为全国艰苦奋斗改造自然的一面红旗，铸造了“团结奋斗、顽强拼搏、坚韧不拔、艰苦创业”的九间棚精神。

九间棚的脱贫攻坚，以时间为轴，有一条纵向的主线，即“贫穷—攻坚—脱贫—富裕—小康”。这条主线贯穿了九间棚村发展的 40 年。

值得注意的是，九间棚的脱贫过程呈现出的是一条曲线，其间不仅有沟沟坎坎，甚至还出现过局部返贫的现象。为了让返贫的村民脱贫，刘嘉坤他们开辟了金银花产业，并将其做大、做强。

九间棚的脱贫过程，还有一条横线贯穿其中——九间棚的脱贫与整个沂蒙山区乃至边疆地区的脱贫是联系在一起的。

九间棚，是整个沂蒙山区最有标志性意义的一个脱贫典型，并且对沂蒙山区整体脱贫起了显著的带动作用。

1990 年 4 月，沂蒙精神的概念被正式提出，九间棚村党支部书记刘嘉坤等先进模范人物组成沂蒙精神宣讲团到各地宣讲，带动了整个沂蒙山区的脱贫。1995 年，临沂地区在全国 18 个重点连片扶贫区中率先整体脱贫。

2013 年 11 月，习近平总书记在临沂考察时，提出要在新时代的条件下发扬光大沂蒙精神。带着总书记交代的任务，九间棚的脱贫致富队伍将金银花产业引至云南、贵州、重庆、内蒙古、青海、甘肃，乃至新疆。

最有说服力的情景，出现在新疆塔克拉玛干沙漠的边缘。遵照总书记的指示，九间棚人把工作往深里做、往实里做，保障当地贫困群众真脱贫、稳脱贫。在金银花地头，维吾尔族群众对我说："九间棚帮助我们脱贫了。""跟糊涂人吃抓饭，不如跟聪明人背石头。"

截至目前，在九间棚人的带动下，新疆、甘肃、云南等地种植金银花达二十多万亩，五万多户、二十余万人依靠金银花实现了脱贫。

九间棚人脱贫攻坚，是一场自发的人民脱贫运动，这场脱贫运动来自人民想要告别贫困的决绝。这种排山倒海的力量，推动着九间棚人描绘出一幅改天换地的宏伟画卷。

不过，中华民族伟大复兴的道路只是走到了全面建成小康社会这一站，我们还要往前走。在揭示问题根源、寻求破解之道、探索发展方向上，九间棚人在中国这场伟大的脱贫运动中，为我们提供了如下经验与启示：

启示一："脱贫攻坚"是人民的脱贫运动，所以我们要调动起源自人民内心的巨大动力。

要站在人民的立场上来探索中国乡村求生存、求发展、求振兴的路子，重视来自人民内部的磅礴力量。

启示二："脱贫攻坚"要靠群众之间的帮扶，要同心协力，凝聚起全民族脱贫的力量。

沂蒙山区在国家级贫困地区中第一个实现脱贫，继而带动边疆人民脱贫。"扶贫扶在根上，维稳维在心里"既是九间棚人在边疆脱贫攻坚运动中获得的宝贵经验，也是全面建成小康社会的最新经验。

启示三："脱贫攻坚"要以党的组织建设为抓手，其关键是要有一个好的带头人。

在九间棚村等地，各级党委与人民群众一道谱写了脱贫攻坚的奋斗之歌，而刘嘉坤这个村党支部书记是其间的

“主心骨”“顶梁柱”。不管摆脱贫穷羁绊的过程有多么艰难坎坷，刘嘉坤都一如既往地发挥着“主心骨”“顶梁柱”的作用。实践证明，心系群众鱼得水，背离群众树断根。九间棚的共产党员们在这个问题上经受住了考验，总结出了最为宝贵的经验。

启示四：“脱贫攻坚”要做到精准扶贫，用产业发展助力扶贫是帮助边疆人民实现稳定发展的一条途径。

“脱贫攻坚”要以经济脱贫为支撑，以产业扶贫为重要抓手。九间棚人利用金银花产业在新疆扶贫的过程中也经历了不少曲折，而精准扶贫就是哪里不通打哪里。传统品种的金银花收获期短，针对这一缺陷，刘嘉坤联合中国科学院的研究人员培育出了花蕾期超长的优良品种“北花一号”；新疆路途远、运输难，九间棚人就上门收货，一手过秤、一手给钱……正是这种真诚与执着，让他们带动边疆贫困地区人民走上了脱贫致富的道路。

启示五：“脱贫攻坚”要重视精神脱贫，扶贫更要扶志，这是比单纯给钱给物更加重要的。

沂蒙精神是中国革命精神的重要部分，九间棚的脱贫历程又为沂蒙精神注入了新的时代内涵、赋予了新的现实意义。这是一种具有原创性的民族精神，是以九间棚党支部书记刘嘉坤为代表的沂蒙山人在脱贫攻坚战中表现出的开拓进取、顽强拼搏、自强不息、不屈不挠的斗争精神，以及共同富裕、无私奉献、同舟共济、团结协作的脱贫精神。

启示六："脱贫攻坚"要与农村经济的振兴、建设小康社会的"顶层设计"密切相连。

"脱贫攻坚"既是一个需要专题突破的单项工程，又是以振兴农村经济为必然要求、具有一定复杂性的系统工程。我们要以重点"脱贫"工程为先导，并将之置于振兴农村经济的战略系统中进行谋划和实践，以期以点带面，一步一个脚印地前行。

我写这部作品时采用的是双线结构：一条线写脱贫扶贫，聚焦乡村之变与其背后的密码；另一条线写精神，以九间棚精神乃至沂蒙精神一脉贯穿。

这部作品呈现的是人民摆脱贫困的强大内生动力、关注人民自身的造血功能、张扬来自人民的伟大脱贫精神力量，因此，在写作过程中，我无法回避那些因贫困而产生的苦难。我要回顾那些让人悲哀和痛苦的日子，从中找到亿万人民脱贫攻坚的内生动力。

事实上，贫困正是脱贫攻坚的反向推动力，它使人们站起来向其宣战，毁家纾难，义无反顾，前赴后继。

在我的镜头里，有正月初一吃不上水饺的凄凉，有大年三十被要债人堵在家里的无奈，有老妇救会长饿昏了躺在床上的辛酸……所有这些人间疾苦，都是促使人们立志走向小康的力量。我想告诉人们：这场脱贫运动，是与广大人民的命运血肉相连的。

我读过很多以遥远的三年困难时期为背景叙写的贫困，而在这部作品中，九间棚与沂蒙山的脱贫则是以我亲眼所见的场景、亲身经历的事件为背景。如果回避它们，脱贫的巨大动力和强烈愿望就写不出来，那么我们的脱贫运动就可能是无源之水、无本之木。只有直面现实，才能展现人民与命运抗争的真实历程，才能呈现历史的凄美与雄壮。

这部作品着意于写脱贫致富过程中人们表现出的精神：吃苦耐劳、顽强拼搏精神，科学攻关、精准扶贫精神，克服困难、奉献牺牲精神以及振兴经济、共同富裕精神。可是，如果脱离具体事件与人物去做平铺直叙，又容易流于空洞。

九间棚人把全村的猪、羊、鸡都卖了，凑起一万多元钱，靠自己的双手和肩膀来架电；在煤油灯熄灭、电灯照亮黑洞洞的“干山顶”的那一刻，九间棚全村党员群众内心中的脱贫动力都被激发出来了；老党员刘德明在阑尾炎手术后用被单缠裹腰部，坚持上工地打石头；年轻党员庄洪兵为了帮助新疆人民脱贫，举家迁至塔克拉玛干沙漠的边缘；在新疆农民夜校，老百姓发自内心地齐声呼喊：“九间棚了不起！”……这些情景，像一帧帧画面，在我眼前徐徐展开。面对这些人物和情景，我总感觉自己笔力不够，只好用白描的方式如实写下。

自 20 世纪 70 年代初到沂蒙山，50 年来，我见证了沂蒙人脱贫致富的历程。小时候，我曾有过饿昏的经历，靠吃野菜续命，所以于我而言，渴望摆脱贫穷是一种与生俱来的情结。我凭着一股激情、一种苦情，还有一份“独家”的鲜活素材，来写这里的变化。

在九间棚，这里每一户都留下了我的足迹，后来我还在这里安家，成了村里的人，所以我写这部作品，无异于是写我的父老兄弟。我从他们的所作所为中看到了中国人民用自己的生命和血肉铸就的神圣与辉煌，感受到了一股气吞山河的力量，不由得慨然而叹、肃然起敬，所以在写作过程中，我的感情常常是恣肆奔流的。其实，写这部作品也是写我生命中的一段历程，是我向哺育我的祖国交付的一份答卷。

九间棚脱贫致富和带动边疆建设小康的壮举，绘就了一幅广大人民群众在中国共产党领导下脱贫致富奔小康的雄伟画卷，而将其真实、鲜活地展现在大众面前，是我所孜孜以求的。

目　录

第六章

金银花协会与合作社

第七章

金银花“为媒”　“远嫁”甘肃

第八章

精准扶贫在新疆

第九章

“六不用”生态农场

第十章

红旗在上

第一章

绝处求新生

九间棚村延续着革命老区的红色血脉，它曾是沂蒙山区一个陷入绝对贫困的村庄，1984年开始的架电运动把这个村庄唤醒。这场由基层党员带头发起的脱贫运动，来自人民想要告别贫困的决绝，一幅气吞山河的脱贫画卷在沂蒙大地上展开了。

第一节　困境中的众生相

1. 光棍儿堂

沂蒙山区是我国抗日战争与解放战争时期重要的革命根据地。1937 年，卢沟桥事变发生后，罗荣桓带领八路军过津浦线，困难重重，是沂蒙山区接纳了他们。

解放战争时期，陈毅、粟裕领导的华东野战军驻扎在沂蒙山区，也是这里的大山与人民掩护了他们。

沂蒙山区人民在战争年代，勒紧裤腰带，自己吃糠咽菜，却把粮食送上前线，把亲人送上战场，为中国革命的胜利做出了巨大贡献。

1971年，我第一次踏上这片土地，在“挂心橛子”下面，住了整整三个月。那里的闭塞与落后，带给了我长时间的惊讶与伤感。

改革开放初期的一年春节，从农历腊月二十三到正月初二，我在沂蒙山区整整住了十天，目睹了在贫困中挣扎的农民的生活。在这十天里，我的心一次次在剧烈的冲击中颤抖，我一次次按动快门，记录下那些令人心酸的场面。

在那里，我无数次地看到这样的场景：穿着上级救济的黄色军大衣的光棍儿汉，在冬日的阳光下抄着手，懒洋洋地靠在石墙边张望着，像是在等谁。其实，他谁也不等，就是在晒太阳。若是临近春节，便说是在等救济粮——地瓜干虽能填饱肚子，可没有白面，包不了水饺，就过不了年。在农村，这样的老光棍儿已经无法找到媳妇了——连自己都养不活，谁跟他呀！

在沂源县的唐山山腰，我遇到了已对生活完全失去信心的一家人——72岁的老汉鲍延吉与他的四个儿子。

当我来到他们家时，老汉正坐在门口，一个医生到他家要债——三个月前，老汉的老伴儿病死，他家欠下了210元的药费。

老汉对医生说：“你跟他们要。娘死了，该由儿子出钱。”

儿子们则从屋里喊：“老的还在，钱由他出。”

在大山深处，一个光棍儿汉穿戴着上级救济的军大衣与军帽，靠着墙头晒太阳。

医生急得直嚷："不像个人家！"

我走进老汉家一看，屋里的床是用土块堆起来的，门边有口咸菜缸，也是空的。老汉一边喝着地瓜干酒，一边用舌头舔着大块的咸盐，喝一口酒，舔一下盐。

医生气愤地责问："你不还钱还喝酒？"

老汉说："不喝酒，我活着还有啥意思啊！"

第二天，我又路过他们家，当时已是中午 11 点，父子几人都聚在门前下棋。他们清一色的黑棉袄黑棉裤，没有一个穿罩衣的。

我问他们为什么不下地干活儿，老大说："没啥可干的。干也是白干，没有水浇地，全靠老天。修了十多年的水库，结果都是替外村干的。"老汉说："挣不来钱，口粮买不回，只有靠国家救济，饿不死就行了。"

2. "养儿不如养鸡"

从"光棍儿堂"出来，乡干部又带我来到了支部书记老张的家。这个 58 岁的干瘦老头儿，已当了 21 年的村干部了。他向我介绍了村里的基本情况。

这个村地处半山腰，土地荒薄，小麦每亩产量 50 公斤，人均年口粮也只有 39 公斤，根本不够吃，村民只能借钱买返销粮。全村人均年收入仅29元，而且这还是由实物折算出来的，也就是说，该村全年没有一分钱的现金收入。村中家产折价在30元以下的有13户，这就意味着这些家庭除去一张木床、一张破席、一床烂被和锅碗等用具之外便一无所有了。

老张家算混得好的，有一堆地瓜干，足有半面山墙那么高，还有三四个“山东白干”的酒瓶。与别人家不同的是，他家有一扇很简陋的门，用木条钉的。他说，村子里就有一点好——从没闹过贼，因为没有可偷的东西，所以人们平日里也用不着关门。他50多岁的老伴儿一直在旁边，将手插在袖筒里，听我们拉呱儿。

出了他家，乡干部在路上向我介绍，这支部书记老张还是个“新郎官”，刚成亲三个月。老张年轻时就爱过这个女人，但因为他家太穷了，所以她就跟了别人。没想到30多年来，村里一直这么穷，老张也一直说不上媳妇。不久前，看这女人的老伴儿过世了，才把她接过来——这女人在人家那边已经当奶奶了。有人说是老张有真情，一直在等她；也有人说是女人看上了老张家堆了半面墙高的地瓜干，够吃几年。不管咋说，最后，老张还是娶到了这个女人，现在日子也过得蛮和睦。乡干部说，城里的文化人若知道了这事，说不定能编出个《梁山伯与祝英台》那样的戏文哩。

听了这曲折又令人心酸的故事，我特地又转身回去，为他俩在地瓜干堆前拍了一张“结婚照”。拍照时，他们都笑不起来，脸上流露出忧愁。离开时，这对夫妇一直把我们送出老远，连声说“领导，好走”。

一个当了20多年村干部的人，直到50多岁才娶上媳妇，那么这个村子得有多少光棍儿汉？这种情况若得不到改善，过不了多少年，这个村子就会消失的。

回去的路上，我看见远处走来了一个抱着两只鸡的老大娘，后面跟着她50来岁的光棍儿汉儿子。

老大娘也不与儿子搭话，只是在自言自语地嘟囔着什么。待他们走近了，我才听清她说的是“养儿不如养鸡”，反反复复就这一句话。

我上前和他们搭话，了解到，她儿子虽然每天也干活儿，但地里收成太低，干一天工只能挣6分钱，而这6分钱也被粮食柴草费抵了，所以十多年来他没从队里拿回过一分钱，不仅穷得娶不上媳妇，而且连过年拜祖宗时烧的纸也买不起。

老大娘养着两只鸡，由于山上有狼和狐狸，她就把鸡放在山脚下的闺女家。一个鸡蛋能卖6分钱，平时打油买盐都靠鸡蛋换。现在要过年了，老大娘把两只鸡接回来一起过年。

老大娘嘟囔着“养儿不如养鸡”，儿子则默默地跟在她后面，一句话也不说。看着娘俩慢慢走远，我想起了一位村干部说的话：“再不脱贫，就没法活了。”

3. 一担水挑两年

腊月二十九，薄暮时分，我看到村里人站在一个大坑边，久久不愿离开，脸上愁眉不展。

这是村里挖的第八口井，有 20 多米深，可依旧没有水。村里人对我说，什么时候过年能有顿饱水喝，就知足了。多少年来，村里人不得不到十几里外的地方挑水吃，村里还因此流传着一个“一担水挑两年”的故事。

话说该村有户人家，大年三十的时候，男人到十几里外的山泉处挨号挑水，过了半夜依旧未归。除夕的饺子包好了，只等水来了下锅。女人和孩子等不及了，就到村外迎接，却在半路上见男人正躺在地上放声大哭。

原来，男人不慎摔倒在山路上，将好不容易挑回的水洒得一滴不剩。“一夜连双岁”，这担“挑了两年”的水让土地爷解了渴，而这家人连过年的饺子也没吃上。

站在 20 多米深的大坑前，我想，这山里的人什么时候能用上自来水呢？山里人过年能喝上一顿饱水的愿望什么时候能实现呢？

我想起了一个送水的故事。

1943 年底，万余日伪军“扫荡”鲁中南抗日根据地。为粉碎敌军的“扫荡”，我鲁中军区的 130 名指战员，扼守住南

早年间，因为缺水，九间棚人只好到村西边的一个泉眼水坑里挑水吃。秋冬季节，泉眼流量小，妇女们便抱着孩子排号等水。遇到大旱年份，泉水一滴一滴地往水坑里流，村里便安排一名干部守在那里维持秩序，用秤分水吃，每家一天只能分几斤水。

北岱崮以牵制敌人。最艰难的时候，下山的道路被封锁了，粮食送不上来；子弹打光了，我军战士只好拿石头砸；水缸被炸破了，嘴唇干裂的战士们只好把破裂水缸中残存的冰凌敲下含在嘴里。为了支援我军战士，民兵队队员用油布封住水桶口，连夜匍匐穿过敌人的封锁线，攀上悬崖，把水送上了山顶。

1977 年，我去岱崮村采访，见到了在那次战斗中冒着枪林弹雨送水上山的民兵队指导员尹淑德老人。

一进尹淑德老人家的门，我便震惊了，他家的日子过得太苦了：屋里几乎没有家具，只有一张破木床，上面搁着一床棉被；家里有一缸咸菜、小半缸地瓜干，锅里是野菜糊糊……

我问他，既然过得这么艰难，为何不向政府要救济。70 多岁的尹淑德老人说，现在穷人多，要花钱的地方多，我们不能再为党添麻烦了，“难”字不能写给党。一起来的乡干部说，要说困难，主要还是没有水喝。

第二节　干山顶子

1.“啥时能让孙子喝饱水？”

整个沂蒙山区都缺水，可要说用水最困难的，还得是沂蒙山深处的九间棚村。

1989 年 6 月，我第一次来到了九间棚。

九间棚一带群山连绵、谷深涧幽，村子就在龙顶山的山顶上，是沂蒙山区平邑县天宝山乡的贫困村。村志里记载，1741 年（清乾隆六年），九间棚村刘氏先祖刘延超携妻带子从木石村（今属滕州）逃荒至白彦乡滴水崖村（今平邑县郑城镇）。

1814 年（清嘉庆十九年），刘万杰为避徭役，从滴水崖村逃居笼子山前石棚，因石棚前多栗树，故称之栗家棚。1816 年（清嘉庆二十一年），刘延超裔孙刘迪为地主扛活累死，其妻携子、其弟刘遥携女拾荒至笼子山，发现山东侧的半山腰有天然石棚可供栖身，石棚前有山泉，水质清澈、口感甘甜，山坡上可开垦荒地种粮食，而附近的栗家棚又有本家兄弟可依，遂于石棚安居，以石棚当屋、石板作床，开始了刀耕火种的穴居生活。后来，此处人口逐渐增多，他们便用石块将石棚隔成九间，为村取名“九间棚”。再后来，张氏、廉氏迁居于此，相与通婚，村民日蕃。

听当地人介绍说，过去的九间棚生产生活条件极其恶劣。没有路，缺少水，土地贫瘠，全村几十户合计一百多口人，只有 112 亩地，分为大小不等的 3100 多块，平均每块地只有 3 厘多（20 平方米左右）。即使赶上好年景，村民们也只能吃个七八成饱，一遇干旱、雹灾，则凶荒立至，全村缺粮。

在村委会门口，我见到一个老大娘在歇脚。老大娘告诉我，她姓徐，叫徐芳兰，70 岁，嫁到山顶上的自然村马家岭村已有 50 多年了。马家岭村隶属于九间棚行政村，那里没水，河在很远很远的山下，村里人吃水要从山脚下的泉子里打。

徐芳兰嫁到山上，有了儿子，又有了孙子，可山上仍与她

徐芳兰老妈妈的衣服补丁摞补丁。她拖着小脚，拎着瓦罐到山下提水，“让孙子喝饱水”是她最大的愿望。

刚嫁过来时一个样，没有水。

山下人喊山上的村子叫“干山顶子”，满心看不起。山上旱得出奇，只能种地瓜，因为地瓜的根扎得深，耐旱。种小麦就不行了，长得稀稀拉拉的，一亩地打不到25公斤。

到了过年的时候，徐芳兰老人就拖着小脚，一趟趟地下山去提水。从山脚到山顶足有十多里，她只能攀着石崖上下，常常是只走了一半的路，瓦罐就被岩石碰碎了，她经常走一路、哭一路、骂一路：“老祖宗哟，咋的把俺带到这个干山顶子上来了啊？”

山上没水，庄稼歉收，人就更穷了，也讲究不起来了，徐芳兰穿着补丁摞补丁、拖一片挂一片的衣衫，像个要饭的。老人走一路歇一路，她说，什么时候把水引上山，能让孙子喝饱水，她也就知足了。

2. 九间石棚

九间棚村地势西北高、东南低，我和同行的战友李敬堂从东南方向的赵家庄上山，到了九间棚村里，我们边走边看。这是一个石头窝里的村庄，路是那种坑洼不平的石头路，村民的房屋也都由石头垒成。

沿着曲曲弯弯的石头路走到尽头，我们眼前出现了一个石棚。那是一个天然形成的奇特且巨大的石棚，看上去大概 30 米长、10 米深、3 米高。

我们进去一看，发现里面有一张床，村里年纪最长的刘德顺在这里转悠。

刘德顺在战争年代曾冒着生命危险掩护过三个解放军伤员，但现在，他性格孤僻，儿孙也不大搭理他。

我问："大爷，不回家，在这里逛哩？"他说："过去，这是我的家。"

见我面露惊诧，他又说："我在这里住了 60 年。1958 年小庄并大庄，我原本搬到了山下，后来又回来了。"

我问："怎么搬下去啦？"

他说："'大跃进'，大炼钢铁，山上的树都被砍啦。"

我问："那怎么又回来啦？"

他说："借人家房子，住久了不行，只好回来住山洞。"

老人在石棚里住了几十年，历经两次大塌方，曾有小孩被落石夺去了生命。对于他来说，石棚中的记忆太惨痛、太令人心酸了。

在石洞里，聆听着老人的讲述，想象着九间棚人世世代代在这里生活的情景，我深受震撼、思绪万千。

就在这时，老支书刘德敬过来了。他告诉我们村支书刘嘉

在石棚里，刘德顺老人给我讲述了九间棚村的来历及沧桑变迁。

坤开会去了，邀请我们先去他家住下。

刘德敬从 1957 年开始当村干部。他告诉我，三十多年前，政府把山上的土地分给了九户贫农，大伙儿干劲儿可足了，白天干，夜里干，修梯田，垒塘坝，办了不少大事。可后来“刮五风”时，小庄并大庄，不仅村民被撵到了山下的赵家庄，而且一部分树也被砍了炼钢铁去了。1962 年，“五风”刮过去，山下的人便撵“干山顶子”的人离开。九间棚的大人孩子只好又住进了已经满目疮痍的大石棚子。有的人家在石棚里一直住到了 1963 年。

这里山高涧深、四面悬崖、土壤瘠薄、缺水没电，自然环境和生存条件都十分恶劣。九间棚人一直在尝试着改变村里的贫困现状，但始终不见成效，有的村民下山后甚至都不愿说自己是九间棚人。

1963年后，石棚成为九间棚的第一所小学校址。当时是复式班教学，十几个孩子、两个年级挤在一起上课。刘嘉坤就在这里上了三年学。直到1988年，村干部们捐出五年的津贴，盖起二层小楼，把村里的小学迁了过去。

第三节　九间棚人的觉醒

1. 不能再骂老祖宗了

从石棚回来的路上，拐一个弯，我就到了老支书刘德敬家。这时候，路已经修起来了，一旁的红门根悬崖气势雄壮。

为了修红门根悬崖前的这条路，人们硬是把悬崖削掉了六米，又将山谷填起了七米。而今，路基像城墙般巍然矗立，显得异常伟岸。

九间棚人用最原始的修建方式，亲手将一块块石头垒了起来，其间渗透着多少血、多少汗！

到了刘德敬家，我夸赞九间棚在脱贫运动中带了个好头。刘德敬说：“不是俺村里人能，是被逼的。”

他家很简陋，柴墙，屋里有一个喇叭，还有优秀党员的奖状，却没有一件像样的家具。可即便如此，他依旧在架电、修路时先后拿出3000元。

他对我说，1984年那时候，九间棚人心涣散，困境中，全村一片骂老祖宗的声音。贫穷和痛苦笼罩着九间棚。

当时，山下刮起了“经商风”，有能耐的人向江南运销黄梨，有的则打谱去南方打工，那些有力气的见死守荒山却连个媳妇也娶不上，咬咬牙，跺跺脚，拿麻绳将黑棉袄一扎，又踏上了去关外的老路。不同的致富门路牵引着人们迈向不同的方向。

刘德敬与年轻的团支书刘嘉坤一起在村口劝阻：“大伙儿想富，咱支持，可国家这么大，没有农业不行。人都出去赚钱了，集体的荒山咋办？……”话没说完，就被小青年打断了：“集体有啥？还想把咱领进石棚呀！”呛得老支书泪花在眼眶里打转转。

这句话把刘德敬拽入了痛苦的回忆。三十来年曲折的农村发展路，几多苦水与委屈，只能生生朝肚里咽。眼下最要紧的是要想法儿把大伙儿稳住——人心不能散。

刘嘉坤的弟弟刘嘉太闯过关东、走过西口、下过江南，是个出得了大力、吃得了大苦的人。他对哥哥刘嘉坤说，还是去南方干收入高一点，能养活自己，并动员刘嘉坤一起去江苏灌云帮人家种水稻。刘嘉坤气得挥起拳头要揍他，嘉太边跑边说："这个干山顶养不活人，凭什么不让我到外面去！"

下山就能捞到钱，那靠什么才能把大伙儿的心留住呢？刘嘉坤也在苦苦思索。

2. 站起来的刘嘉坤

一场有关架电的争论逼着九间棚人开始思考村庄的存亡问题。九间棚没有电，每到冬天，人们天不黑就吃饭，在屋里的地上生一堆火，一边取暖，一边照明。如今山下夜晚灯火通明，山上却黑洞洞的，灯不亮，喇叭不响，干山顶成了"黑山顶"，村里人谁心里都不是滋味。

把电架上山，谈何容易？当时为带领沂蒙山区脱贫，公社组织架电，需要十多根电线杆，但九间棚人没钱买。公社干部说，这次若不架电，村里人可能就得永远过点煤油灯的生活了。刘德敬找人算过，把电架上山，所需的水泥杆和电线的费用，再加上和山下几个村共摊的份子钱，总计 1.2 万元。可眼下村集体的全部家当，只有一个柴油机、一个档案柜和一张两屉桌。所以这 1.2 万元，需要全村每人均摊 79 元，这相当于当时一个村民整整两年的收入。人们想电、盼电，可一听要集资，都退缩了。

九间棚人终究是不甘心，天天开会，可就是凑不起钱。

“老天，1 万多元够咱们村的人点几辈子煤油灯的！”

“儿子结婚还没能盖起新屋，俺不摊！”

为了给大伙儿鼓劲，老支书刘德敬发言了：“咱不能蹲着受穷！要不是大伙儿前几年下劲儿整了整地，今天咱怕是连地瓜干子也吃不上。”

一席话，引起了九间棚人对 20 世纪 70 年代治山改土、大搞农田基本建设情景的回忆：村后马家岭的指挥棚和那猎猎红旗，将九间棚的几十个劳力召唤凝聚在一起。他们披星戴月、早出晚归，将三四十米高的土堰垒了起来，在乱石堆里开出了梯田……

人们还想起：1971 年，刚担任村团支部书记的刘嘉坤带领全村少壮挑灯夜战，喊出“苦干实干加巧干，定叫拖拉机爬上山”的口号。一个多月后，一条陡坡路修通了。不料，几场大雨将路面沙石冲走，山路变得面目全非。虽然那次修路失败了，但也是九间棚人向龙顶山发起的一次勇敢的挑战。

干！不干，就什么都没有。什么富裕呀，小康呀，都不能实现。九间棚人下了决心。

可是没有钱，怎么干？持续了三天三夜的讨论，搅得九间棚人心绪不宁。合计来，合计去，又有人骂开老祖宗了。每逢遇到困难，总有一些人骂老祖宗。

高声叫骂的人不一会儿就走了，无可奈何的人也悄悄走了。最后剩下的人，一个个蹲在地上，弯腰低头，猛吸着旱烟，会场显得沉寂且压抑。

剩下的这几个人正是九间棚的党员。打从八路军115师来这儿之后，每当遇到难事，这个村的党员就认为自己理应为集体的事留下来，问题不解决就不走。这个习惯已传了近五十年。这天聚在一起的党员是刘德敬、刘德明、廉茂元、廉茂增、刘德香、刘家全和刘嘉坤，他们有的参加过孟良崮战役，有几个是在合作社和“大跃进”时期入党的，有两个是当兵时入的党。熬尽煤油的灯捻噼啪作响，火苗一跳一跳，眼看就要熄灭了。

突然，最年轻的党员、三十岁的刘嘉坤站了起来，用近乎哀求的声调说：“大爷大叔，老祖宗用这荒山把咱们一代一代传到今，也不易了。眼看着咱们村与外村的差距越来越大，一连好几年都没新媳妇进村，再这样下去，咱们村迟早要亡。真要那样，咱们对得起老祖宗吗？咱们将来也会变成‘老祖宗’，到那时，咱们不也得被后人骂吗？想想看，咱们可是共产党员啊！”

只有54户人家的九间棚村，抬一根电线杆要集中全村劳力。就这样，他们一步一挪，把12根电线杆抬上山顶。

刘嘉坤说得泪流满面，最后说自己家的房子不盖了，拿出300元给集体垫上。老支书刘德敬说自己拿500元。其他党员都报了一个数，有的说推迟儿子的婚期，有的半夜下山到亲戚家借。

那夜的悬崖上，人影幢幢，其中有党员廉茂元、刘德香、刘德明，团员廉茂杰、刘甲华、张如意……村民们天亮后才知道党员、团员们半夜里下山弄钱去了。全村一下子轰动了。

党员们又分头去找自己的“关系户”，动员群众集资，每到一家，说的第一句话就是：“要为后代想想，难道让他们继续点煤油灯？”在他们的带动下，村民们纷纷卖猪、卖羊、卖家当，甚至到亲戚朋友家借钱。65岁的刘德山手头没钱，便瞒着女儿卖了一头猪、五只羊，并将准备为女儿置办嫁妆的钱交到了村干部手里。赵永兰大娘将棺材板卖掉钱还凑不足，便又把家里仅有的两只母鸡和10个鸡蛋送到了村办公室。

山下人见状，诧异道：“九间棚人家家卖猪卖羊，是不打算过了吗？”

就这样，12600元钱从每家每户中挤了出来，不甘心的九间棚人也在困苦与屈辱中站了起来。

村民大会上，刘嘉坤说：“龙顶山这么大，能种粮，能栽果，为什么我们照样受穷？为什么小青年说不上媳妇？还不是因为电、路、水三不通？不干，我们对不起子孙后代，对不起祖宗；不干，我们什么都没有！”他又拉开话题，讲述了九间棚人世世代代在闭塞中受贫困折磨的痛苦和屈辱，直到把自己讲成了泪人儿，之后，他又给父老乡亲们深深地鞠了一躬。

3. 九间棚通电了

钱刚凑齐，村民们就开始架电了。

在架电的过程中，由于没有路，往山上抬电线杆这样的活儿便全靠人力。九间棚人历尽千辛万苦，硬是把一根根 12 米长、900 多公斤重的钢筋水泥杆抬上了山。

那时候，全村的劳力都盯着刘嘉坤的手势，几十个人的心拧在一起。上肩啊，一个百足巨人起身了，前面拖，后面推，中间有的挺胸、有的踮脚、有的用胳膊肘撑、有的用膝盖顶。爬，一寸，一寸，膝盖磨破也不吭声，晕倒在地的也顾不上抢救。一个人脚下有闪失，十个人挺腰顶起，胳膊扶胳膊，脚跟挨脚跟。

仅十多天，一根根电线杆就爬上了高高的悬崖。奋战了一个多月，九间棚人终于把山下的电通到了山顶。

通电的第一个晚上，当明晃晃的电灯照亮黑洞洞的干山顶时，九间棚沸腾了，很多村民都坐在电灯底下兴奋地守了整整一夜。76 岁的刘德顺用手抚摩着灯泡，就像抚摩着孙儿的小脸，喜得眼泪扑簌扑簌朝下掉。

人们聚在一间亮堂堂的屋里说话说到大天亮。谈笑间，修路、引水、栽树、办厂……一个个愿望带着喜悦，从大家的心里蹿出来，从大伙儿的嘴里蹦出来。

从石棚到茅屋，从火把到电灯，这是九间棚文明史上的一个重大转折，九间棚人心里亮堂了。喇叭响了，机器转了，石料场开了，山村有了生气。磨面不用碾、抽水机器转、家家看电视，这些令山里人最为向往的事，对九间棚人来说，也不再只是梦想。

九间棚人看到了光明，而刘嘉坤看到的是比光明更贵重的——群众的觉醒。正是家庭联产承包责任制使群众切实地感受到了自己的利益，也切实地感受到了贫困的深重与自己力量的单薄。他们意识到了比一人一家之利更重要的是什么，渴望团结成更强大的力量。这初生的觉醒就是蓄积丰厚的精神能源，一旦被开掘出来，就会聚合成强大的动能，足以撼动龙顶山，足以改天换地！

也就是在抬电线杆的时候，一股从前未被觉察到的热劲儿从刘嘉坤及每个九间棚人的心坎里喷发出来，每个人的血肉、神经都与集体的队伍、脚下的土地融为一体，每个人都感受到了一种凝聚起来的精神力量。群众的积极性被及时地调动、凝聚起来，象征着九间棚党支部主动掌握本村命运的开始。

紧接着，九间棚劈山开路的战斗又打响了。

过去，九间棚人上下山只能走一条在悬崖峭壁中踏出的羊肠小道。村民外出赶集时，需要先把自行车扛下山，再骑到15公里外的集镇；回来时则要把自行车扛上山或放在山下的亲戚家——在山下是人骑车，上下山则是“车骑人”。

第二章

甘苦与共一条心

从 1984 年架电开始，九间棚的党员干部与人民群众一道谱写了脱贫攻坚的奋斗之歌。党支部书记刘嘉坤是九间棚人的“主心骨”，他身上表现出的“不怕吃苦、不怕吃亏、不怕吃气”精神分外醒目。

第一节 蹲点住到村里

1. 带着被子蜡烛住进村里

我从九间棚回到济南，正赶上组织学习时期，社里并不要求搞什么报道。

1989 年，戈尔巴乔夫的改革试图从根本上重建社会主义的价值观念与政治体制，东欧政局剧烈动荡，横亘在东西方之间的“铁幕”摇摇欲坠。这让很多西方人兴高采烈，他们希望中国共产党的执政生涯也寿终正寝。西方国家高官停止访华，并限制对华贸易尤其是军事技术出口，中国的外贸和旅游业蒙受了巨大损失。在这个时期，国内群众也对党内部分人的腐败作风表示不满，这与五年前农村改革时群众的大力支持形成了鲜明对比。

在这年 6 月 23 日至 24 日召开的中共十三届四中全会上，新一代党中央领导集体亮相。风波刚刚过去，全国上下都在反思：社会主义的路到底该怎样走下去？我们党该怎样重新凝聚人心？

新闻单位的人都在家学习，也没有什么新的报道精神下达。过了一段时间，刘光辉社长对我说，你不要总闷在家里，下去转转吧。于是，我想起了九间棚。

10 月，我带着疑惑与思索，携着一捆书和一个剪报本，来到了临沂。时任临沂地委宣传部部长的李祥栋与时任临沂市交通局领导的朱兆彬都与我相熟，他们是很有思想的干部，也都是文化人。我到九间棚村蹲点调研前，他们都为我送行。

朱兆彬在向我谈起形势时说，现在农业大滑坡、乡镇企业大崩溃、城市闯关大失败、市场大板结……这个局势挺严峻。他说，这正是你们新闻记者大有作为的时代。他当费县县委宣传部部长时我们就认识，后来他在沂源当县长，又到地区交通委员会当主任，我们一直有联系，谈话也比较随便。地委宣传部部长李祥栋领着新闻科长高明来看我时说：九间棚肯定不光是路的问题，还有水、电的问题，以及贫困地区脱贫致富的问题；20世纪80年代九间棚的艰苦奋斗肯定有新的时代特点，并不完全等同于20世纪60年代的大寨精神，所以我们还要考虑当代中国缺少什么精神、九间棚在多大程度上能提供这种精神。

我带到九间棚的剪报本中贴满了当年4月5日至6月10日《人民日报》上的文章，我把文章中的群众意见梳理了一遍，列出了一个调研提纲。

九间棚这个不到二百人的小山村，过去很少有上级领导来视察，村里也没有任何公用设备。我找到平邑县交通局局长卢传文，请他帮我从县城借来两床棉被、一顶蚊帐、一只手电筒和两扎蜡烛。当时，山上虽然通电了，但还是会常常停电。就这样，我和战友李敬堂再次来到了九间棚。

村支书刘嘉坤把我们安排在妇女主任刘月凤家吃饭。村里没有多余的干净住处，只有一间满布蛛网的卫生室一直闲置着，我们便将它打扫了一下，在地上铺了麦秆，住了下来。

2. 一块银圆叩心门

刘月凤的两个女儿刘霞、红云常常领着我一家一家地转悠。

我先找村里年纪大的人谈。我会让刘霞先“侦察”一下老人在不在家、忙不忙，然后再把我领过去。我有时候去老乡家里，有时候“泡”在田地里，边帮老乡干活儿边聊天，没用两三天，就对村里的情况有了大体了解。让我不曾想到的是，当地老百姓对共产党、八路军的认知，竟是从一块银圆开始的。

在八路军到来之前，这里曾战乱频仍，民不聊生。土匪盘踞天宝山，日寇侵扰大峪沟，国民党当局与地方封建势力联合统治着这片地区，以至山山有寨，村村有圩，堡垒林立，光号称“司令”的土匪就有 72 个。天宝山这一带是惯匪刘黑七和廉德三的活动中心，当时，土匪逼迫家家交钱来“防共”，恶意抹黑共产党。

1940 年 8 月初，龙顶山西边来了一队衣衫褴褛的军人。一天，破晓时分，大家发现石棚外场子上睡满了人。这些人大多怀抱着枪，弓腰侧卧，任蚊虫叮咬、露水湿衣。

这马上引起了石棚里村民的恐慌。大家被吓得挤在石棚的角落里，大人搂着孩子，妇女挨着男人，男人握着木棍……个个敛声屏息，不敢动弹。然而，这支队伍并没有侵扰石棚里面的人，这令石棚里的人十分讶异。

原来这是陈光、罗荣桓率领的八路军，是为了消灭龙顶山对面的天宝山土匪廉德三而驻扎在这里的。

戒备心极强的山民与八路军僵持了一天，而这僵持的局面，是被一个叫刘德香的孩子打破的。

刘德香当时还小，他时不时地跑到洞口探头探脑地向外张望，回来讲：“他们长得和我们一样。”“他们对我笑呢。”“他们吃煎饼，没有大葱。”刘德香拿了两根大葱，跑出去放在石板上，接着又跑回石棚里取出干辣椒什么的给他们放在地上。

过了一会儿，有个面相和善的军人朝孩子招招手，刘德香又把地瓜干送了过去。石棚里面的人都盯着看，就这样，大伙儿渐渐明白，原来他们也是能吃苦的人。

部队出发后，刘德香发现，在石板上，刚才放地瓜干的地方，有一块银圆。

9 月 2 日，八路军 115 师 686 团发起了天宝山战斗，从九间棚这边下去的四个连队与敌军激战了两个小时，击毙了日特分子王功武，廉德三则身负重伤并逃进了地方街日伪据点。战斗中，八路军 115 师作战科长刘四喜及 60 余名战士牺牲。

据孙彩兰大娘回忆，八路军驻扎在这里三个月，天天帮老乡干活儿，而她们则每天自发地为八路军做军鞋。徐芳兰大娘说，粮食吃光了，八路军就吃野菜。

一块银圆，让九间棚的老百姓了解了共产党。天宝山战斗，让穷人认定了共产党军队是自己的队伍。

当时的九间棚只有七户人家，全村的精壮劳力如刘德功、刘德秀、刘德山、刘德顺、刘德新、刘德兴、刘甲成，都跟着共产党上了前线，为中国革命抛洒热血，有的还牺牲在战场上，再也没能回来。

听大家讲述这些故事，我禁不住流下泪来：这是多么好的群众啊！

我和几个七十来岁的大娘谈，她们都说，共产党好啊，毛主席好，好日子都是托共产党的福才过上的。

第二节　做党员干部就要“三不怕”

1. “咱不是官，是带头人”

九间棚艰苦创业的事传出去以后，县里的干部也常有来的，可他们基本上是当天来当天走，没有像我这样住下来的。刘嘉坤很欢迎我来，他说自己没文化，好多事情也不明白，想听我讲讲。

我比刘嘉坤大两岁，他属马，我属龙，嘉坤说：“我就喊你老大哥吧。”我说：“行。”村里人来了，嘉坤就喊他们“三叔”“大姥爷”“二婶子”等等，我也跟着他这么喊。有位老人说："喊不得。"我说："喊得，我也是庄户人呢。"我一边了解村里的情况，一边了解修路的过程，也问他农村的支部书记该怎么当。有时停了电，我们就点起蜡烛接着谈，那时候，刘嘉坤常常深夜一两点才回去。

嘉坤是一个干活儿拼命的人，为人厚道、朴实、豪爽、义气、执着。1971 年 6 月，刘嘉坤才读了三天初中，父亲就患急病突然去世了，他因家庭负担过重而辍学。后来，他相继担任大队团支部书记、技术员、保管员、民兵连长，1984 年担任村党支部书记。我住到村里的第三天，刘嘉坤去莱芜开会了。

我与村民们交谈，大伙儿没有不说刘嘉坤好的。

村民们说，俺九间棚能有今天，多亏有刘嘉坤这样一个好带头人。刘嘉坤舍小家为大家的事儿，多得说不完、数不清。群众说，刘嘉坤是吃得了大亏的人。他上过几年学，一直就是村里有名的能人。凭他的本事，自个儿一年挣三四千元钱不在话下。然而，当了党支部书记后，他把自己的全副身心贡献给了大伙儿，而家里的责任田主要靠身单力薄的妻子一人忙活。

他一上任便约法三章：群众生活不富裕，村干部一律不领集体的报酬；村干部和村民同甘共苦，同村民一样出集体义务工；村干部外出开会、办事一律不准代替集体义务工，不领出差补助。五年来，他们严格地执行了这些规章制度。1987 年，由于九间棚村工作成绩突出，乡里奖给村干部 1500 元奖金，这笔钱分给他们个人本无可非议，但刘嘉坤和其他村干部都一分没要，他们用这些钱买了 20 把椅子，放到了村办公室。

他这种无私奉献的精神不仅深深地感染着村干部和党员们，也教育了全村群众。

刘嘉坤说："将心换心，咱当干部的有公心，群众对咱才有真心。"这句话道出了一个共产党员全心全意为人民服务的赤诚之心，也道出了干群关系不是油水分离而是水乳交融的辩证关系。在刘嘉坤的带动和影响下，村干部个个廉洁奉公，他们和群众共同打造了一个团结奋斗的坚强集体。

我与刘嘉坤的深入沟通，是从背诵《为人民服务》开始的。

嘉坤说他 12 岁时就是学习毛主席著作的积极分子。我说，我也背诵过不少毛主席的文章，也曾是我们县学习毛主席著作的积极分子。我与嘉坤一起背诵《为人民服务》，从头到尾，一字不差，背到"完全""彻底"两个词时，都加重了语气，两个人都笑了。接着，我们又背《纪念白求恩》和《愚公移山》。

嘉坤说："老大哥，我觉得毛主席的书讲的就是一句话——为人民服务。"我说："弄懂了这一句，就什么都明白了。"嘉坤说："你们做大学问的，也这么看呀？"我说："是这么看的。"嘉坤说："老大哥，看来咱俩是一路人。别人问俺怎么当好共产党的官，俺说咱不是官，是带头人。如果非让俺说，那就是要记着毛主席的话——为人民服务。”

嘉坤的这些话，也是他这几年当干部的体会。从这种意义上讲，嘉坤是把书读懂了，也用好了。我说，我们共产党员就是要为人民服务，舍此就不是共产党员了，为人民服务是对共产党员本色最简单也最精粹的概括。人们常说，“半部《论语》治天下”。“为人民服务”这个真理，你要是认准了它，就要从言到行去实践它，这比“半部《论语》治天下”还要高明呢。

嘉坤听着我的讲解，入了迷。我问他怎样才算为人民服务，嘉坤说：“不要总想着自己，而是要把自己放在最后面。或者自己只付出，不要回报。”我说：“那也不行，你还有大娘、媳妇和孩子哩，你要做个好儿子、好丈夫、好爸爸。”他说：“那当然。俺娘这辈子太苦了。”我说：“按照无私奉献的要求，党员干部起码要先公后私，吃苦在前，吃亏在前。”嘉坤忙说：“党员当干部，就要不怕吃苦、不怕吃亏、不怕吃气。吃气是最难的，当干部，要受得了气才行。”

2. 党员干部就要“三不怕”

说到“吃气”，嘉坤讲起修路时的一个故事。

当时，被开山炮炸起的碎石铺天盖地砸落下来，有四棵梨树被砸得枝断皮剥的。树主人心疼极了，坐在树下哭天喊地。这四棵树是他家的“命根子”——拉了 2000 多元饥荒，还账指望它们；家里吃的、穿的、用的，也指望它们。可谁知盘山公路三绕两绕，四棵梨树就全暴露在了炮口之下。“赔俺梨树！”他一把抓住嘉坤的衣领吼起来。

嘉坤说：“凡是损失都要赔，但得看秋后结多少果儿，村里才能赔你多少果儿。”

“赔俺原样儿的，要原样儿给俺安上！”树主人越说越气，抓着嘉坤的衣领撕扯起来。他的几个儿子也一拥而上，把嘉坤按在刚起炮的乱石窝上一顿拳打脚踢，其中一个还抱起一块石头声称要砸死嘉坤，亏得被众人拉开了。

嘉坤拖着青一块儿紫一块儿的身体回到家，一头扎进小东屋，闩了门，委屈得痛哭流涕。妻子孩子来叫他吃饭，他也不开门，最后全家都哭成了泪人。嘉坤娘直埋怨：“不让你当干部，你就是不听。”

嘉坤也算是九间棚的能人了，既懂果树管理，又有经济头脑，市场刚放开那阵子，他往南方发大车贩黄梨，跑一趟就能挣 2000 多元钱。嘉坤舍了自个儿致富的道儿，砸锅卖铁，带领群众改变村子落后的面貌，图啥？还不是为了让九间棚人都过上富裕日子！可今天，为了几棵梨树，嘉坤竟挨了一顿揍。

嘉坤知道，凭自己的力气，也能打得过他们，但他觉得自己是党员，所以还是咽下了这口气。

村里的几个年轻人看不过，要为嘉坤出气。嘉坤说：“咱谁也不整。当干部、做党员，就得学会吃苦、吃亏、吃气。你们大伙儿瞧着我，我怎么说的就怎么做。”

那件事发生后的第二天，老支书刘德敬和老党员廉茂元天不亮就来敲嘉坤的门。老支书说：“我们选了你就不能坑你，你有困难，党员们分头帮你做工作。”

次日上午，九间棚人都集合在工地上。树主父子自知理亏，拉着架子准备挨整。不承想，刘嘉坤却对全村人说：“老少爷们，俺还年轻，得靠大家帮扶。哪个活儿俺安排错了，哪句话俺说得不对，俺做检讨，请大家担待。”只字不提被打的事儿。接着，他又说道：“修路是为了啥？有了路，有了水，咱龙顶山就有好日子过了。眼下大伙儿还得紧紧手，多吃点儿苦，多受点儿累，为了咱龙顶山的好前景，俺先在这儿谢谢大伙儿了。”一席话说得村民直掉眼泪。

群众都说嘉坤“宰相肚里能撑船”，是个人物。打人的父子找到嘉坤，表达歉意。树主人懊悔地说：“你是为全村，俺是为自家，俺错了，今后你咋说俺咋干。你可别为了这事儿生气，咱九间棚还指望你领着大伙儿朝前奔呢。”

当干部、做党员，就要不怕吃苦、不怕吃亏、不怕吃气。这就是后来被叫得很响的“三不怕”精神，也是刘嘉坤身上所体现出的奉献精神。九间棚的老百姓说，当干部的像嘉坤这样好脾气的不多。在群众的旧观念里，大凡做了个“官儿”的，火气就会大一点儿，也总是期望别人服从他。而刘嘉坤不是这样，他总是千方百计地琢磨怎样理解群众、服务群众，即便少数群众说错了、做错了，他也会忍让。这不仅仅是个人涵养问题，更是“为人民服务”观念树立得牢不牢的问题。

“不怕吃苦”是一般层次上的要求，因为农村生产主要是体力劳动，肯吃苦往往意味着要多干活儿；“不怕吃亏”意味着干部在利益分配上要发扬先人后己的风格；“不怕吃气”则从更深层次上对干部提出了更高的要求，这在关键时刻可以更好地维系干部与群众的关系。“三不怕”精神也是治疗某些社会痼疾的一剂良药，可能多数干部虽听得明白，但能如此做的则不多。

我对嘉坤说，发展新党员时，也要让他们明白党的纲领，明白党员是为人民服务的人，是不怕吃苦、不怕吃亏、不怕吃气的人。这一点必须讲明白，不能隐瞒，也不能顾情面。虽然有的人当了好几年村干部，但这并不是他可以入党的充分条件。倘若他做不到“三不怕”，咱就要帮助他做到，然后才可以考虑他的入党问题。

第三节 干部带头修路

1.“不管多难，这路也得修”

熟悉了九间棚的历史后，我开始了解他们修路的情况。

九间棚村四周都是悬崖峭壁，上山下山只能走一条在悬崖峭壁中踏出的羊肠小道。

因为行路艰难，所以山上人极少下山。一些老大娘从十四五岁嫁到山上起，便再也没有下过山。在修通公路前，有十之六七的村里人没有到过乡里，绝大多数人不知道县城是什么样子。有个老妈妈，一辈子没有见过自行车，临终前，硬要儿子把自行车扛到山上给她看一眼。

山上人世世代代与外界联系的“交通工具”是一副担架。山上的小猪养大了，主人得请四个身强力壮的小伙子把猪绑在担架上，再扛在肩上抬下山。由于乡里收猪的都是天亮发车，所以九间棚人常常要在半夜下山才能及时赶到收购站，一路下来，人累垮了不说，猪也被折磨得奄奄一息。这时，山下人就会说：“九间棚的重病号下来了。”这是令九间棚人最感恼怒的事了，山上山下的年轻人经常为此打架。

有一件事儿让九间棚人印象深刻。1971 年，刘嘉坤的父亲、村干部刘德功患了急性阑尾炎，大家在把他往山下抬的过程中，因山高路险、夜黑难走而耽误了时间，待赶到医院时，刘德功已在病痛的折磨中不幸去世。

因为交通不便，山里农副产品运不下去，黄梨歉收愁人，丰收了也愁人。要想富，先修路，这是一个质朴的追求。

1984 年 11 月，九间棚村进行村干部换届选举，干了 24 年村支书的刘德敬因身体原因，无法再继续干下去了。凭借多年的细心观察，刘德敬觉得刘嘉坤是接他班的最合适的人选，因此郑重地向考核组做了推荐。

选举投票时，刘嘉坤得票最高。但刘嘉坤表示不想担任这个职务，理由是他觉得自己的能力不行，怕干不好，耽误了村里的事。

刘德敬把刘嘉坤叫到村委会，与他进行了一次长谈，承诺自己会再做一段时间的副书记，给他当一两年助手后再正式退下来。

论辈分，刘德敬比刘嘉坤长一辈，他见刘嘉坤仍然不松口，便很无奈地说："你把村支部书记的担子接过去，就算是孝敬我，行不行？"

话说到这个份上，刘嘉坤很感动，总算勉强答应下来，在1984年12月初走马上任。

刘德敬果然没有食言，甘当助手，直到1987年才正式卸任。时隔多年，年近90岁的刘德敬说："俺当时只知道他有能力，但没想到他会干得这么好。"

刘嘉坤在上任后第一次主持召开的村党支部会议上，说要下大力气解决九间棚的交通和吃水问题。他的想法得到了大家的一致认可，并在认真讨论后形成决议。决议内容也在随后召开的村民代表大会上得到一致拥护。

刘嘉坤在全体村民大会上郑重承诺："既然老书记器重俺，全体党员信任俺，俺就要干好。咱也是人，得让外面的人看得起咱，让走了的人还想回来看一看。咱要对得起老祖宗，莫让后人笑话咱。九间棚的今天不如人家，明天一定要超过他们！"

刘嘉坤与共产党员廉茂增、廉茂元自费外出考察，山外的精彩世界与山上的落后面貌形成的鲜明对比，深深地刺痛了他们的心。

“不能让九间棚人世世代代都走羊肠小路，咱们就是豁出命来也要改变九间棚的现状。”刘嘉坤掷地有声地说。

只是，这条路修得并不容易。

他们请来了交通局的工程师，这位“老公路”通过实地测量和精确计算，得出结论：修通全长 3500 米的路，要攀悬崖越陡涧，还得花费大量资金。

这名工程师在现场勘察时不小心摔了一跤，差点儿掉进深渊。他爬起来后倒吸了一口凉气，说：“这么陡的山崖，你们既没有工程机械，又没有专业设备，怎么修路呀？总不能用手刨吧？全村就那么几十个劳动力，就算修五年也修不通！”

但九间棚人没有因这位工程师的断言而退缩，他们祖祖辈辈吃尽了没有好路的苦头，他们是铁了心要修路的：“不管多难，这路也得修！”

2. 上至八十三，下至手中搀

刘嘉坤召开村民大会，发动大家修路：“我们九间棚要大发展，得定个五年计划。干成了，咱的日子就有奔头了；干不成，大家处置俺，俺不喊一声冤。俺认准了，只要大家拧成一股绳，就没有干不成的事儿。”铿锵的话语，激荡了九间棚人的心。

筹集修路资金还是老支书支的招儿，党员干部们带头奉献。老支书刘德敬刚盖完屋子，手头没钱，当天就下山借来钱送到村办公室，说：“嘉坤呀，你放开胆子干吧。有什么困难俺帮你顶着。”

说干就干！为了加快施工进度，村“两委”对工程实施分段承包。党员、干部承担最艰难的路段，其他村民则用抓阄的方式分担修路任务。村民如果对自己承担的任务不满意，可以与任何一名党员对换，任何党员、干部则都可以跟支部书记刘嘉坤对换。

没钱买雷管、炸药和钢钎，猪羊又卖完了，刘嘉坤他们就发动群众向外村亲戚借，仅一个月就集到了15300元钱；缺劳力，刘嘉坤他们就发动男女老少齐上阵，白天黑夜连轴转，或者请亲戚帮忙。

修路要穿过果园，果园里有村民们的老梨树。怎么办？

自己村里还好说，外村人的工作很难做。有一棵梨树长在路中央，树主人死活不让砍。刘嘉坤请来乡里干部帮忙讲情时，他还不让步，竟然说：“俺这棵树结‘大闺女’，你能赔得起？”意思是靠这棵树能发财、娶媳妇。九间棚因为多年贫困，媳妇不上山，快成光棍儿村了，这句话是讥笑九间棚人娶不起媳妇。这算骂人最狠的话了，像刀子般戳在九间棚人的心窝上。这更激发了九间棚人摆脱贫困的决心。

75 岁的刘德顺是当年的互助组长，全村很多的老梨树都是他年轻时栽的，1956 年入社时，他将这些梨树全交给了集体。现在修路，不少树都碍事，村里人怕伤他心，不敢动锹。

老人听说后，黑夜里摸下悬崖，抱着大梨树哭了一阵儿，然后动手刨起来。他说，只要集体好、儿孙好，他就不心疼。

九间棚人闻讯，喊着口号下山了。上至八十多岁的刘德兴，下至脸庞稚嫩的“红领巾”，加上外村来支援的亲戚，大伙儿一起呼啦啦地干起来了。

云雾在脚下缭绕，令人头晕目眩。刘嘉坤腰里系着绳子，“嗖”的一声从悬崖上滑下来。他硬是用钢钎在崖壁上撬出一个石磴，然后蹦起来，从空中再贴近崖壁，在上面又打出一个石磴，之后又一气放了 33 炮，在绝壁上打出一条路来。

山道弯弯，几多曲折，几多磨难。一段路刚修好，就赶上了一场暴风雨，山洪发疯似的奔下来，把大路冲得坑坑洼洼。村里老人见状瘫在地上，拍着地哭喊：“老天存心不让九间棚翻身哇！”其他人也跟着掉眼泪。

但刘嘉坤他们没有气馁。他们找出地基不牢的原因，马上建起涵洞，贴着山根修起排水沟，七天后，路又通了。

在天灾前，九间棚人又站起来了。

几场凛冽的寒风过后，鹅毛大雪铺天盖地而来。悬崖上的积冰像岩石一样硬，一镐下去，镐头蹦起来，崖壁上却只留下一个白点点。

工程进展到了最艰巨的阶段，刘嘉坤他们把帐篷搭在冰天雪地里，在里面架起铁匠炉。整个工程下来，钢钎磨掉1000多根，扁担用断200多条。

刘嘉坤白天干活儿，晚上则帮乡亲们锻打钢钎，七天七夜没离开工地。

他的妻子哭着找来了："他爹，孩子烧到40度，五天了，总不退。"

"现在这里一天要放100多炮，可以说是人命关天，俺不能离开呀。"刘嘉坤让妻子请山下的孩子他姑陪着去医院。

看着丈夫布满血丝的眼睛，听着他嘶哑的嗓音，再看看地上这一大堆刨断了的镐头和磨秃了的钢钎，妻子的眼泪又下来了，她把头一转，踏着厚厚的积雪，匆匆走了。

刘嘉坤望着妻子在风雪中远去的背影，觉得非常对不住妻子和孩子，噙着眼泪转过身去。

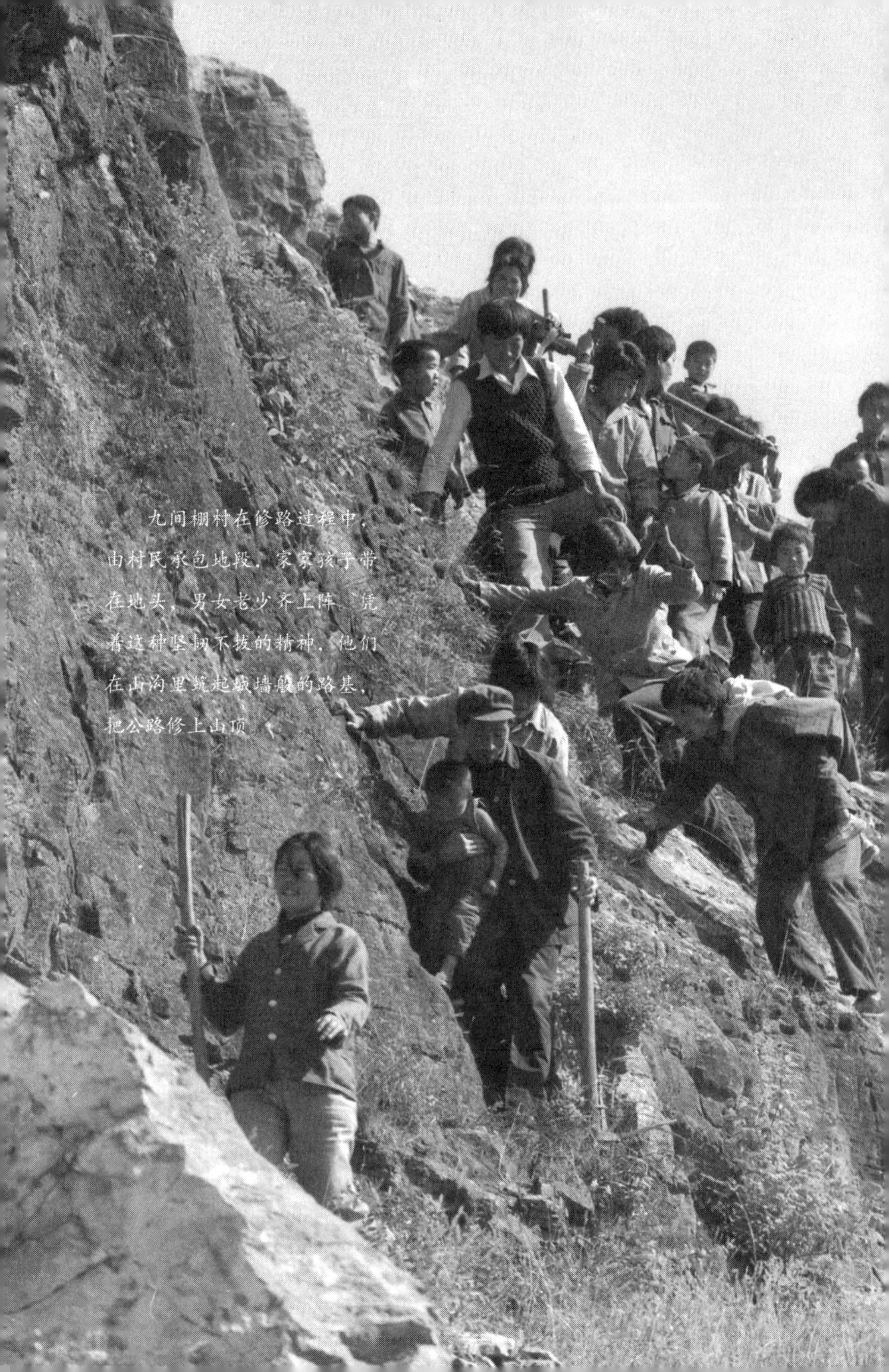

九间棚村在修路过程中，由村民承包地段，家家孩子带在地头，男女老少齐上阵。凭着这种坚韧不拔的精神，他们在山沟里筑起城墙般的路基，把公路修上山顶。

3. 大年三十的几十响山炮

在红门崖悬崖上，刘嘉坤带领着几十口人一溜儿排开，一双双粗糙的手握着冰凉的钢钎和大锤，虎口被震裂出血，染红锤把，染红钎杆，流到地上，地上隔十步八步就是一片红点点。

24岁的刘甲友左手不小心撞到一块刀削般尖利的石棱子，拇指的指甲盖被削掉了，血顿时涌出来，疼得他把牙咬得咯咯响。

他用纱布把左手包了几道，打了个结，又用右手扶起钢钎接着干。血很快渗透纱布滴下来，地上殷红一片。

大伙儿把他往山下架，他急了，大声喊道："俺没赶上孟良崮战役，这会子再被落下，要后悔一辈子的！为集体累死了，儿孙记着，俺光荣！"

后来，他的头、腰和右手又先后负伤，但他一直不下工地。

数九寒天，冰雪封地，可钢钎热得迸火星，乡亲们累得满身汗。转眼到了年关，刘嘉坤和村干部们商量，让大伙儿歇歇，吃了过年的饺子再干，大伙儿却说，就在工地上吃饺子吧，留个纪念。刘嘉坤见大伙儿情绪高涨，干劲儿正酣，高兴地说："咱们年三十打20个炮眼，到时候一起炸响，同山下的炮仗比试比试。"

就这样一直干到大年三十，山下村子里的鞭炮稀稀拉拉地响起来了，九间棚人也在工地上点了几十响炮。一户一户都把自己的炮眼打得深深的，连成一排，一齐点放。“轰隆隆……”炮声如雷，山摇地动，九间棚人个个脸上都绽放出了开心的笑容。这是九间棚人的呐喊，是群众凝聚起来的力量的迸发。

路，在九间棚人脚下一寸一寸地延伸，由点成线，由线成面，连成一条大路，又宽又长，盘旋直上。

到了 1985 年 5 月 25 日，一条长 3500 米、宽 6 米的盘山大道修好了。

通车时，村里买了 18 盘鞭炮，从山下一直放到山顶，披红挂绿的大卡车在盘山公路上撒着欢儿地跑。

4. 基层党组织能否撑得住

九间棚人在改换旧貌、缔造伟绩的同时，也表现出了极为顽强的精神。

衡量一个典型的价值，不仅仅在其产生的固有价值的大小，不仅仅在其在自身范围内产生的意义的大小，而更在其能在多大程度上满足整个社会情势的需要。对于九间棚的研究，我们应当立足于当时整个中国农村社会的大背景。

1984 年以后，农村问题越来越多地出现，到了 1989 年前后，有些问题已经很严重了。这主要表现在：

其一，有些基层党组织软弱涣散，不办事，也办不了事，使党的威信严重受损。

1989 年三四月份，民政部组织了 29 个调查组，对 17 个省区市的 504 个村基层党组织进行调查。调查了解到，能按时完成国家各项任务、主动为村民生产生活提供服务、较好地管理本村事务的村基层党组织仅占其中的 30% 左右，其余的则不甚理想。

据 4379 份村民问卷统计得知，41.9% 的村民认为村级党组织对家庭生产、生活没有帮助或帮助不大。

其二，部分党支部书记品行不端，其以权谋私、多吃多占的腐败作风引起群众的强烈反感。

部分党员干部的形象作风问题影响到了组织建设，也危及了农村稳定。比如，河北省当时曾有“三个 80%”的判断，即“上访告状的 80% 是农民，反映的问题 80% 涉及村干部，反映的情况 80% 是属实的”。

其三，农业投入减少，农村基础设施受到严重破坏。

许多农村水利设施年久失修，比如，山东省 90% 的水库得不到维修，抗旱能力下降 30% 以上。

当时有种非常不好的现象，即舆论界对农业投入减少批评过多，而矛头又多指向政府，这既助长了一些群众对政府的依赖心理，同时也引发了群众的不满情绪。

其四，经济秩序混乱，非法致富现象增多。

在国家重视发展商品经济后，有的人靠跑关系耍嘴皮发了财；有的人用行骗的方法，聚敛资金；也有的人制假贩假，致使假货泛滥。

有一段时期，政策漏洞较多，法律制度不健全，是与非、合法与非法的界限在群众心中比较模糊。艰苦奋斗被视为思想保守，奉公守法被视为没有能耐。

其五，社会秩序不稳，农村剩余劳动力大量外流。

20 世纪 80 年代末，上亿农村人口外流，带来不少社会不安定因素。当时，被公安部门抓获的犯罪分子中，有相当一部分是农村外流人员。这给社会安定带来了很大的隐患。

面对这些形形色色的问题，基层党组织的瘫痪面如果继续扩大，社会主义根基就会动摇。所以，基层党组织能否撑得住，事关中国社会全局。若忽视基层党组织自身建设，则会对农村脱贫工作造成严重的不良影响。

九间棚村党支部书记奉献精神强，基层党组织作风过硬，老百姓自力更生、艰苦奋斗的事迹突出，共产党领导的政治优势已在这里得到凸显。就农村脱贫工作来说，九间棚显然是值得宣传的好典型。

第三章

九根擎天柱

“干部拿着群众的血汗钱大吃大喝”，是曾经发生在九间棚村的一个误解，一度导致了群众与干部之间矛盾的激化。在严重的信任危机中，九间棚的九名党员如九根擎天柱，形成了坚强的核心，把全村群众紧紧地凝聚在一起，团结一致，甘苦与共，艰苦奋斗。

第一节　探求水乳交融的“密码”

1. 我必须深入到群众中去

显然，九间棚村在坚持走社会主义道路、发扬党的政治优势和艰苦奋斗精神方面是过硬的，足够作为一个典型被提炼出来。

在我看来，九间棚党员和村民的做法就像一根银针，似乎正扎在中国发展的穴位上。正面临挫折与风险冲击的中国应该走什么路、为什么要走这条路、共产党怎样领着大伙儿走这条路、目前要迈开怎样的步伐……一系列的问题都亟待解答。这是当时中国最重要的“大局”，也是遁入深山的我最想弄明白的困惑。

一个重大典型必须要能在重大政治背景下站住脚，并能回答重大实践问题。尤其在党中央新的领导集体形成之时，新典型的提出，既要积极，更要慎重。

然而，九间棚村只是一个小山村，其村民在自然界中生产、斗争的事例虽有很多，可在思想、精神领域又能够向我们提供多少有价值的东西？在党的领导及自我建设方面有没有斗争、有没有误解、有没有丧失信心的时候？有没有由分散到凝聚的过程？能不能折射出当下中国的全景？这些都还很难说。所以我必须沉下去，深入到群众中去，对九间棚进行更深入的、全过程的调查。

在九间棚的前几天，我和李敬堂一起拍了一部新闻专题片，叫《九间棚精神》，很快就在山东电视台与临沂电视台播放了。李敬堂回去后，我决定在九间棚继续蹲下去。

2. 画出一张联络网

从 1989 年秋至当年年底，我在九间棚住了 52 天。我到九间棚来，不是先下结论、先找干部，而是挨家挨户地串门。

夜晚，我打着手电筒敲开一家一家的门；清晨，我到农民干活儿的地头一边帮忙干活儿一边与他们交谈。在那些日子里，我走访了全村 54 户人家中的 50 户。

我从柴米油盐问起，拣老百姓最关心的问。打听到村里谁有重病、谁家日子过不下去、谁最能吃苦，我便去找这些人家，去与他们交朋友，并帮助他们调解家庭纠纷。我在老乡家一边吃饭一边拉呱儿，有时候聊得忘了情，一顿饭竟能吃上四个小时。

为了不影响群众的情绪，我在调查时尽量不做记录，而是先在心里默记下来，回去之后再整理成文字，所以常常熬到凌晨 1 点多。不过，九间棚各种关系错综复杂，即便我夜以继日地整理，也依然难以将其完全梳理清楚。

一天，我从村头一株枝叶茂密的老梨树前路过，抬头细数上面的枝枝杈杈，突然领悟到：梨树的大枝上又分小枝，九间棚村各家各户的具体情况与人际关系难道不也是这样吗？

于是，我首先通过对每家每户的走访，把每家几口人、每个人叫啥名都记了下来，连妇女与小孩也不落下。

之后，我又按他们的辈分高低和亲缘关系列出一个详细的“亲戚关系表”，连每家有几头猪、几只羊也写上了。

最后，我再按经济状况、劳动态度、致富能力和思想表现四项，在联络网上对村里人以上、中、下三级进行归类。

我梳理了村里这几年办了什么大事、产生了什么矛盾，看看党员干部在哪一支里、作用发挥得怎样。这种基本分析使我能准确地做出判断，并能迅速地找到采访对象。

村里人对辈分是很讲究的。在九间棚，刘姓辈分字依次为“尚”“学”“德”“甲”“立”“红”。在整理他们的家族资料时，我发现村里人的名字中很少出现“富”“裕”“宝”“贵”“财”等字眼，这些字曾经被广泛用于人名中，反映了农民向往富裕的心理，而这里的人或许是太贫穷了，所以对这些想都不敢想。村里人注重自立自强的美好品德，名字里多用“华”“杰”“坤”“峰”“太”“海”“江”“河”等字，从中可以看出他们在恶劣的自然环境中的文化追求。

村里的妇女生了孩子以后，人们就不大称呼她们的姓名了，可是我不仅能叫出她们的姓名，还能说出她们的婆家是哪个村的，这让那些被人轻视的妇女颇感惊奇。

老党员刘德香家五代人的姓名，我都能说出来，连刘德香小孩的舅舅所在的辛庄、女儿嫁去的范家台，离这儿都十多里远了，我也专门去采访了一遭。刘德香的老伴儿常说：“这个人下了这么大力气，心里净装着老百姓家里的事，真了不得。”

在中国乡村，弟兄们多的家庭往往是村里的强者，不仅不怕别人家欺负，甚至还会欺负别人家。而人丁较少的家庭往往会通过联姻的途径，依附于大姓或有势力的人家。这些大家庭中的子弟受锻炼的机会多，也容易出人才。在九间棚村，九名党员出自四个家庭，有从部队入党的，大多是当过书记、大队长、会计等村干部的。我会留意看这几个家庭的家风怎样，党员发挥的作用怎样，有没有家族谋私的情况，以及家中有没有矛盾、矛盾是怎样产生的、目前的情况怎样，等等。慢慢地，我便把头绪理出来了，比如刘嘉坤的父亲是老大队长，他们兄弟的人品素养都过硬，因此在群众中的威信特别高。情况弄明白了，主要矛盾也就能抓住了。

第二节 大洼风波

1. “母子连环池”

我了解到的村里的另一件大事是引水上山。

1984 年春，天大旱，村西仅有的一眼山泉断了流。为了保证人畜用水，村里决定：泉水按人头限量供应，只准饮用，不准浇地。刘嘉坤的妻子曾挑了一担水想回去种地瓜，刘嘉坤竟硬逼着她把水倒回泉眼并当着全村人的面做检讨。水成了九间棚人的命根子！他们一鼓作气地修了三个蓄水池，满以为能够解决缺水的问题，却不料第二年春天又遇干旱，新修的蓄水池干了个底朝天。九间棚人面临着新的严峻考验。

刘嘉坤不信九间棚方圆十多公里的地盘上没有水。他来到村里最年长的刘德兴老人家，听老人讲了个神话般的传说：卧龙山的绝壁上有一个山洞，洞里有个卧龙泉，听老辈人说，那里是龙王的西宫，天再旱也不干。

1986年春，刘嘉坤带着村干部翻山越涧，四处寻找水源，并请来县水利局技术人员帮助勘察，最终在村西北7里外卧龙山崖壁上的一个石洞里发现一处常年有水的水潭。刘嘉坤用手灯照着爬进水潭，发现里面有水流，正哗哗作响。他等了十来分钟，见那水一个劲儿地涨。他们调来抽水泵，抽了很长时间也没把水抽干。于是村里便决定在这里修建卧龙山扬水站，把水引上龙顶山。

修建扬水站又是一场硬仗，因为扬水站要修建在27米高的悬崖峭壁上，施工非常艰难，参与施工的村民时刻有生命危险。

村里的党员干部、青年团员组成了“先锋队”。刘嘉坤把绳索系到腰上，第一个落到半山腰，其他党员、团员、青壮年群众相继跟着下去。他们吊在悬崖峭壁上凿石头、打炮眼、安管道，悬崖上响起了清亮的锤声和沉闷的爆响。

一个月后，一座扬程98米的扬水站及其410米的主管道同时竣工了。

怎样把泉水送到三千米之外的每一块土地上呢？有人建议利用水的落差，用塑料管将水送过去。可当抽水机一停，塑料管内巨大的回吸力就将三千多米长的管子完全吸扁了。刘嘉坤心一紧，这办法不行！反复商议后，他们决定先修一条瓜藤似的主水渠，然后顺藤结瓜，再修若干大小不等的蓄水池，这样就既能浇地又能蓄水。对于这一水利设施，有人美其名曰“母子连环池”。

紧接着，村里又动工修建通往马家岭、平顶山和栗家棚的道路，以路带渠，顺着山梁甩下35个蓄水池，为每道山梁缀上一颗明珠。

经过一年多的苦干，为扬水站配套的长3500米的石砌渠建成并投入使用。

2.“要和干部展开斗争”

住了十多天后，村里杂七杂八的事我就都了解了。其实，引水上山的过程并非一帆风顺，九间棚在我面前也不再是一张平面图，而是一部充满了矛盾甚至是带着火药味的生活剧。

“大洼风波”是九间棚干群矛盾的一次集中爆发。这是我在与村民张如意、刘甲华一起喝酒时摸到的线索，经过再三追问，“大洼风波”的主角刘甲五对我和盘托出了该事的前因后果。

那场风波发生在修建山上输水工程的 1987 年的夏天。

七月的天，太阳把大地晒得热气蒸腾。九间棚热啊，人们一扬手，一头汗；一动锨，全身汗。一些妇女累得在工地上背着人抹眼泪，也有些能撑的汉子却打茬儿下山跑买卖挣钱去了。

一个个令人泄气的消息在疲惫的人群中散布开来：先是抽水机停机，3000 米长的塑料管被巨大的回吸力吸扁，损失了数千元；接着是坡上 10 万棵雪花梨树苗因干旱枯死了 9 万棵，又损失了 9000 元。汉子带着亲戚干工程，妇女在家做饭，没水了，饭也做不成了，妇女跑到工地上哭，孩子也叫，大洼工地上乱腾腾的。

风波的导火索是两个村干部外出十天不归的事。

当时，山上的三个蓄水池都干得底朝天，输水工程急需一台水泵和一些大口径的塑料管，村里便派村委会主任、党支部委员张如意和会计刘甲才去淄博市采购。可是他俩都出去十天了，还没有回来，这可把全村人急坏了。

谁也没想到，第二天一早上工后，“赖五子”刘甲五竟坐在工地的炮眼上，朝大家喊开了：“咱们在家拼死干活儿，干部却拿着咱们的血汗钱出去大吃大喝，这日子还有啥奔头？不如死了痛快！”

这时，用来爆破的导火索已被点燃，正“刺刺”地冒着火星，刘甲五坐在炮眼上一动也不动。人们不顾一切地冲上去，把他从炮眼上拖下来，按倒在地，这才避免了一场恶性事故的发生。

不过，刘甲五还是瘫在地上不起来，一个劲儿地喊叫哭闹，煽动人们“罢工”，要“和干部展开斗争”。

这可把大伙儿的心绪都搞乱了。一些不明真相的群众放下手中的活儿，交头接耳地议论开了，工程被迫中辍。

“嘉坤，你威信高，狠熊赖五子！”有人说。

心事重重的刘嘉坤抬头看向天边，感觉云层越压越低，似乎在孕育着一场热雨。他把人聚起来，请大伙儿分组讨论并提出意见。

刘嘉坤明白，对待群众，关键是要统一思想，把千条心拧成一条心。没有统一的思想，怎能搞好统一管理呢？

他对支委们说，强扭的瓜不甜，靠训、靠压不能真正服众，重要的是获取群众的理解。为群众办事，咱们就得一切从实际出发，事事走群众路线。哪怕是落后的群众，咱也要争取过来。人心齐，泰山才能移。有困难就要承认，但也要明白这是大伙儿的困难、集体的困难，也是前进中的困难。少数人对干部有误解，讲清了就行；干部也有不足，改了就好。最根本的是要让大家讨论清楚，九间棚的前途与理想还要不要。

正在这时，出差购料的村委会主任张如意与会计刘甲才回来了。一见到刘嘉坤，两人的泪水就夺眶而出。刘嘉坤心里有数，狠劲捏了捏张如意的胳膊，把他推到了大伙儿面前。张如意声泪俱下地向大伙儿汇报了出差时遭遇的艰难。

原来，他们到淄博买了水泵后，又到济南去买塑料管。不承想，好几家塑料厂都没货。他们为了替集体省钱，没舍得坐一次公共汽车，靠步行一口气去了九家塑料厂仍一无所获，晚上只好睡在火车站的屋檐下。最后，济南塑料一厂的干部听说他们是从老区来的，答应为他们现加工塑料管，他们才住进一天 6 角钱的便民旅社。

返程时，他们身上只剩下 7 元 2 角钱。司机催吃饭，他们推说不饿，一直拖到下午 5 点。司机气得把车开得直颠，管子净往下掉。他们只好找了一家小饭店，尽着那 7 元钱，给司机点了几道菜、一碗汤，又用那剩下的 2 角钱，给司机买了两根冰棍儿。可他们自己，已经连着四顿饭没吃了。外出的这十天里，他们仅买过一块咸萝卜头，啃馍时就掏出来撕一小块咸菜放在嘴里嚼嚼。

夜里十点赶到山下，把水泵和长达 3700 米的塑料管卸完，这两个原本强壮的小伙子双双饿倒在地，怎么也爬不起来了。

一席话道尽，工地上一时间鸦雀无声。大家懊悔不已，纷纷落下眼泪。

老党员刘德香忽地站起来，抹掉脸上的泪水，大声喊：“干部为咱受了多少难，咱还瞎猜疑……”刘嘉坤阻止了他，自己却对老少爷们诚心诚意地做了检讨。

他说：“管子瘪了，怪我没学好技术，可这管子废不了，日后还能用来安装自来水。我平时与大伙儿交心不够，对困难户也照顾得不够。”他又趁此机会公布了账目，强调了他上任之初定下的“约法三章”。

廉茂增当众说：“嘉坤呀，你为集体、为大伙儿熬红了眼、喊哑了嗓子，可从不吭一声。千斤重担众人挑，不要一人压断腰，有错大伙儿一起担待。”

有人接着喊道：“嘉坤，你大胆头里走，咱后头跟。有人说二话，咱狠揍他！”

刘嘉坤听到这些话，眼眶有点发热，什么话也说不出来了。

那么，九间棚的理想还要不要追求呢？刘嘉坤让大家讨论。

今天若放弃苦干，“干山顶子”又怎么能富起来呢？没有今天的苦干，哪有明天幸福生活的实现？对，不管眼前有多少困难，将来又会有多少曲折，也决不能放弃理想、动摇目标。社会主义道路不能不朝前走，大伙儿的劲儿还是要拧在一起不能松啊……

大洼工地上，大伙讨论了几个小时，一致认为，困难再大也要上、咬紧牙关上！

闹事的刘甲五认错了、哭了，晚上，他在村里的大喇叭里做检讨：“天上掉不下煎饼，石头上生不出财富，不苦干不中。俺‘赖五子’也要跟党走，走社会主义道路……”

山高风清，这声音穿堂入户，清清亮亮地传到了每个人的耳中。

此时，刘嘉坤正在工地上帮助劳力少的一户人家打石头。而他自己承包的地段，却是妻子和三个亲戚在干着，六岁的孩子也跟着干。过了一会儿，一个、两个……好几个党员也来帮忙了……

为了加快工程进度、挺过困难时期，不少人家当晚就派人下山请亲戚上山增援。“赖五子”小夫妻俩一夜没合眼，也分头从山下的亲戚家请来了九名壮劳力，后来，刘甲五成了村里的好青年，只要是党支部决定的事，他就带头干。

第二天一早，工地上抡锤子干活儿的已猛增到 140 多人，比之前增加了一倍。

这场风波，使全村人对党员和干部的信赖更坚定了，大家的心也贴得更紧了。

3. 找到“风眼”

“大洼风波”说明了许多问题。刘甲五坐在炮眼上喊出的那句话虽然偏激，却一下子把很多人忌讳的可又是最要害的问题点了出来。

然而，这场风波恰恰是促使九间棚党组织成熟的契机，是使人们更清楚地认知当下的社会历史背景，从而在此基础上进行自我教育与思想整顿的机会。

党的工作有过失误、党内存在着一些消极腐败的现象、我国的社会主义民主需要进一步完善，这都是事实。但是，有失误则纠正失误，有腐败则惩治腐败，人们决不能以此为口实，否定党的领导、否定整个社会主义制度。

有一些人一遇到困难就对前途丧失信心，只想自己尽快逃离困境；有一些人否定党的领导，甚至妄图搞乱局势、推翻党的领导。这都是极为有害的。

虽然有人说当下存在“信仰危机”“干部群众关系对立”等现象，但是，在党员、干部实践党的宗旨的地方，不存在“信仰危机”，在党员、干部勤勤恳恳为群众谋利益的地方，党群关系也不会紧张。实际上，群众正是从身边的党员身上领略了党的精神，从而坚定了社会主义信仰。

我们应当重温列宁的名言：“谁害怕社会主义建设中的困难，谁被这些困难吓倒，谁见了这些困难就悲观起来或者惊慌失措起来，谁就不是社会主义者。”

“大洼风波”使我找到了“风眼”，整个调研也随之迅速旋转起来了。

九间棚的村民们世世代代在30米长的石棚里生活了二百多年，与外界日益拉长的距离造成了他们共同贫困的命运。正是这种共同的血脉、历史与命运，维系着他们息息相通的感情。然而，真正把他们凝聚成一股力量的，是他们共同的理想。

以村党支部书记刘嘉坤为代表的党员是九间棚的脊梁，他们对自己的家园有深厚诚挚的感情，把家乡建设好的理想是他们的思想凝聚点。

坚强的领导核心是九间棚形成凝聚力的关键。一个群体、一个组织乃至一个国家要凝聚起来都需要一个核心。

正是共产党员的先进性催生了巨大的凝聚力。在“大洼风波”中，群众由怀疑到信任，人心由涣散到凝聚，这一反一正的现实明确地告诉人们，共产党员的先锋模范作用，对于人民群众、对于社会发展是多么重要。九间棚的党支部，就是一个有着强大吸引力与凝聚力的核心。正像群众夸赞的那样：九个党员，九根擎天柱。

“大洼风波”后，九间棚的党组织更加坚强有力，形成了坚强的领导核心，关键就在于有刘嘉坤这样的好干部。他无私奉献，不怕吃苦，不怕吃亏，不怕吃气，一心一意为大伙儿。

社会主义思想是九间棚人形成凝聚力的思想基础。九间棚人的奉献精神是在实践中逐步产生并最终为群体公认的。

第三节 刘嘉坤的“五项规定”

1. 风清气正的党员干部们

九间棚人刚起步时，思想境界并没那么高远。他们架电、修路、引水、治理荒山，最朴素的目的是为了摆脱贫困，把家园建设好；在困境中奋起后，发展到自觉地跟着共产党走社会主义道路，并将这种奉献精神发扬光大。

共同的利益孕育出群众的责任感，共同的追求升华为集体主义思想，这是一个自然的认识发展过程。

而一旦明确了集体主义思想和走社会主义道路的决心，党员干部奉献牺牲、克己奉公就成为一种突出的精神，焕发出耀眼的光芒。

为了牢固树立风清气正的干部形象、强化廉洁自律意识，1986 年，九间棚村党支部制定了廉洁自律五项规定：

一、外出办事，每人每顿饭不超过六角钱；

二、到县城买炸药，干部自己骑自行车驮回来；

三、干部分摊义务工，要带头干在前面，耽误一个工，就罚两个工；

四、干部因公陪客人吃一顿饭要交一元钱；

五、干部工资的 70% 要捐出来搞集体建设。

正是这些规定，让群众真正明白了什么叫共产党员，什么叫人正心直，什么叫无私奉献。对于这些，群众都看在眼里：

老党员刘德香在得知新辟的山路要穿过自家果园后，连夜刨掉了恰好在路线上的大梨树——原本全家人一年到头添衣裳和日常零花全靠它们。他的老伴儿心疼地抱住被刨倒的梨树痛哭，他则对老伴儿说："哭啥？咱是党员，还能叫群众指着脊梁说长道短？"

老书记刘德敬腰疼的旧疾经常发作，当他在病床上得知村干部正为修路资金没凑够而发愁的消息后，马上让家里人把村里的"赤脚医生"找来给他打了止痛针，随即下山找关系、借款。

在架电、修路、引水上山等一项接一项的工程中，他一次次从山下的亲戚家借款，几乎把两个姑娘家的积蓄都给挖来了。

廉茂杰是新党员，村里人都叫他“土秀才”，因为引水上山的工程就是由他来当技术员的。他没白没黑地领着人们劈山筑渠、架设管道，直到把自来水送到家家户户。当年村委会换届改选，村民一致推选他接任村主任职务，他二话没说，卖掉了每年跑运输能挣几千元钱的拖拉机，一门心思地为大伙儿操劳。他说：“干部就得时时把集体的事放在心上，就得干在群众的前头，把自家的事放在后头。”

在九间棚，村民们天天与石头打交道，从少年起就学着打石头，当年参加过孟良崮战役的老党员刘德明就是村里的石匠头。他在修筑水渠时急性阑尾炎发作，痛得在地上打滚，却死活不肯离开工地，被干部抬进医院后，还在昏迷中连声喊“把石头摆正”。

手术后第七天刚拆了线，刘德明就搭顺路的拖拉机赶回来，又偷偷上了工地。为了防止伤口崩开，他用一条被单在腰间紧紧地缠了两道，打了个死结。他躲在一个角落里，右膝跪在地上打石头，脸色苍白，汗水直往下滴，干部发现后赶忙把他架出工地。

几天后，刀口感染化脓，老伴儿一边用盐水帮他擦洗，一边心疼地抱怨，可他说:“现在集体的困难还没过去，咱是党员，得忍着痛，撑着劲，朝前使力气。”

后来，他又用被单把腰一缠，瞒着老伴儿上了工地。

老党员刘家全在架电、修路和引水上山的工程中，经常抡大锤、抬石块，胳膊受到严重损伤，但他从不叫苦叫累，直到胳膊疼得抬不起来，才在大家的劝说下到医院治疗，致使胳膊落下残疾，不能正常伸展了，现在每逢阴天下雨都疼痛难忍。

群众说，每当村里遇到什么难事，首先挺身而出的都是党员。1987 年秋，由于贷款拿不到，村里没钱买水泥，眼看修渠工程就得停工。几个党员都不忍心再向群众集资，便分头下山去借，凑起 2000 多元，买回来了 10 吨水泥。1988 年冬，扬水站的管道冻裂了 20 多节，全体党员又凑了 2000 多元，买来新水管换上，保证了扬水站的正常运转。

在九间棚，最危险的地方，党员去；最苦的活儿，党员干；最难的问题，党员解决。福祉带给群众，艰苦留给自己。这是什么精神？这是先锋队的精神，是共产党员先进性的表现。共产党员的先进性，在战争年代，在炮火连天的战场上，集中表现为不怕牺牲、英勇杀敌；在和平时期，在社会主义建设中，则集中表现为甘苦与共。九间棚的共产党员，像吸铁石一样，把群众紧紧地聚拢在了一起。

2.“集体的事干好了，才有个人”

我们算了一笔账，1984 年到 1989 年，这个只有 170 来口人的小山村共出义务工 29.8 万个，每个劳力每年出义务工 310 个；共集资 24 万元，除国家以贷款等方式扶持的 8 万元外，人均集资约 850 元。

架电、修路、引水时，九间棚人经常是大半年大半年地在工地上吃饭，是啃着煎饼、吃着咸菜干出这番事业的。多少家推迟了儿女婚事，多少人在这五年间没做过一件新衣裳。刘嘉坤家的房子盖了五年仍围墙未砌齐、院子没填平。多么感人的克己奉公精神！

“这样干累不累？”

“累。但为了子孙后代，值得。”

“集资这么多，倘若集体没钱还怎么办？”

“打开始就没打算要回来。集体的事办好了，才有个人呢。”

“还想不想上工程？”

“想。不吃苦哪有社会主义？”

在九间棚，我挨家挨户去调研，每当问及这些问题时，村民们尽管回答方式不同，但意思是一致的。我能看出他们思想觉悟的崇高与精神世界的富有。

再也没有人骂“老祖宗”了，群众的主人翁意识与集体意识都变得特别强。

天宝山乡集资办学校时，刘嘉坤在大喇叭里一喊，需要的9000来元钱仅半个小时就收齐了。显然，在九间棚群众心里，“集体”这两个字的分量大大加重了。

刘嘉坤告诉我，九间棚群众是为了共同的利益而凝聚到一起的。虽然集体主义思想不会自发地产生，但若党支部有意引导、教育和带领群众朝这里想，集体主义精神就强化了，很多看得见和看不见的矛盾就好解决了，农村就能稳住也能发展了。

如何才能得到群众的信任与拥护？根本就在党员干部先集体、后个人的公而忘私精神，以及率先垂范、以身作则的自律意识。

刘嘉坤说，一个集体能不能稳住，关键要看党员干部有没有公心：你心里装着集体，群众就一个一个朝你靠了。公心就像吸铁石，群众是愿意让你吸的，就怕你没有吸引力。

刘嘉坤与村干部的率先示范行为是无声的教诲，感染和影响着每一个九间棚人。村主任廉茂杰为集中精力带领群众施工，卖掉了拖拉机。在他这一举动的感召下，全村在外面跑运输的五辆拖拉机一辆接一辆地回山了。

九间棚群众还时常主动告诉我：“咱村是‘干’字当先。有啥困难，干！干部带头干！”“咱村的党员干部比老百姓吃的苦还多，咱不好好干，对不住他们。”“有党员干部，有集体，天大的困难咱也不怕。”

“唯有民魂是值得宝贵的，唯有它发扬起来，中国才有真进步。”鲁迅先生当年讲的这番话，对于正在致力于现代化建设的中国人来说，仍具有振聋发聩的意义。正是由于党员将群众团结起来，与之水乳交融、生死与共，民魂才得以焕发出来，并凝聚成一股强大的力量。

民魂，就是人民的觉悟、人民的思想、人民的观念及整个精神世界。一百多口人的九间棚村正是凭着强大的精神凝聚力，在短短五年内，把一个濒临绝境的村落建设成了充满生机与活力的社会主义新山村。

这种凝聚力看似平凡，实际上却蕴藏着伟大的力量，一种改变历史与人民命运的力量。九间棚改天换地的事实也告诉我们，只有团结起来，众志成城，才能战胜困难，所向披靡。

3. 精神的力量

在党支部这个坚强核心的领导下，九间棚人苦干五年，修了 3.5 公里长、6 米宽的路；新建石砌渠 7 公里、蓄水池 35 个，蓄水 2 万立方米，使全村 90% 以上的果树和庄稼得到自流灌溉；铺设塑料管道 4000 米，把自来水通到了家家户户。

在龙顶山悬崖上，屹立着一座二层小楼。这是村干部们把五年的补贴费和奖金捐出来盖的，一楼是小学，二楼是文化中心与党支部办公室。

党支部办公室的灯常常从傍晚亮到次日凌晨，刘嘉坤他们在这里待的时间比在家长。他们在这里学习，也在这里规划。

刘嘉坤常在这里对村民们说：“山外有山，天外有天，路还长着呢。咱现在不富，可咱心里有，只要大伙儿齐心，咱就能富。就是到了 21 世纪，实现了‘家家万斤果、户户均万元’，咱也不能骄傲，因为还有很多困难等着咱。咱要凭这精气神走下去。”

九间棚的共产党员在困境中带领群众走社会主义道路，把党的威信在荒凉的山岗上高高地树立起来了。

有群众说：“俺一看到党支部办公室的灯光就感到亲切。摸黑从赵家庄回来，看见办公室的灯光就在北斗星下面，俺走夜路不害怕，过悬崖不心慌，转弯不迷向，什么困难也挡不住俺朝前走。俺觉得党就是明灯，照得咱心里亮着哩。”

我惊喜地看到，在最困难的时候，九间棚的共产党员依靠艰苦奋斗、无私奉献的精神，把群众凝聚起来，形成了一股改造山河的巨大力量。

九间棚群众都做到了舍小家为大家、忍现在为长远，担当起了改造恶劣的生存生产条件的大责任。我也对九间棚党支部在艰难时撑住劲的伟大实践感佩非常。

九间棚人的实践昭示了：中国共产党人在关键时刻能挺得住、过得硬、冲得上，能和人民群众同甘共苦，再造新山河。任何困难、曲折都阻挡不了中国共产党和社会主义前进的步伐。

1989 年秋天，我来到九间棚村，又在这里度过了春节。数月来，我一直在思索：

一个家庭、一个村庄乃至一个国家，不能没有灵魂。

九间棚的九个党员在极度困难的重压下站了起来，如九根擎天柱，天塌下来都能撑得起。

以刘嘉坤为代表的新一代共产党人的先锋模范作用，对群众形成了一股强大的吸引力。他们把群众的热情与智慧凝聚起来，形成了改造山河的巨大力量。那气势磅礴的宏伟工程，就是精神对物质的巨大反作用，也是共产党领导的政治优势的鲜明体现。

中华民族根深蒂固的奋发自强精神、英勇拼搏精神、坚韧不拔精神和克己奉公精神，在这一历史时期，从九间棚共产党人身上迸发出了壮丽的火花，绽放出了革命传统的光华。

九间棚精神就是中华民族精神，也是迎着困难奋勇前进的时代精神。

世代滴水贵如油的干山顶迎来了山泉，孩子们高兴地喊：“来水啦！——”

第四章

九间棚精神的光芒

九间棚典型的总结与推广，在全国引起了强烈反响，既而，沂蒙精神的概念被提出，刘嘉坤成为新时期沂蒙精神的重要代表人物；莱西会议在 1990 年召开，刘嘉坤是在会上发言的唯一的基层党支部书记。

第一节　莱西会议上的轰动

1. 在村里过年

在山上，我记录下了数万字的翔实材料。下山后，我和县委宣传部的甄德生奋战了一个星期，完成了调查初稿。

1989 年 10 月底，在平邑县招待所，我写了一封长信，向新华社总编辑南振中汇报了这个典型。我说，在现在的国际国内形势下，我们应该着重宣传党的凝聚力与先进性，加强党的基层组织建设，改进党的领导，增强群众对党的信任与走社会主义道路的信心。九间棚村党支部在人心涣散的关头，把群众团结起来、凝聚起来，使群众维护集体、着眼未来、决心跟党走，这种凝聚力的形成过程与方法对基层组织建设乃至形势的稳定与发展都有重要的参考价值。

在我对调查报告做深入思考与修改之际，正好当时的一位省领导也想在春节期间找一个有特色的村庄过年，做点调查研究。我向他推荐了九间棚村。于是，在农历腊月二十九那天，我陪同领导上了山，再次住进了九间棚村。领导轻装简从，不让我跟群众说明他的身份。村里人都知道我是记者，所以以为又来了个老记者。我们两个人都睡在村小学办公室里铺了麦秸的地上。

当天下午，我与领导促膝长谈，一直谈到晚上 10 点半，我把自己对九间棚的了解及看法和盘托出。领导对基层情况很熟悉，思想理论水平也高，听完我的汇报后很兴奋，认为九间棚肯定是一个大典型。

大年三十，我们在办公室给老百姓家写对联，都是现编现写。给村里写的那副，我想出了上联“九间棚九柱擎天”，因为村里当时有九个党员，这九个党员都发挥了很好的作用，稳住了村里的局势。下联想把老百姓写进去。怎么写哩？我想起了“生龙活虎”这个成语，这里的山叫龙顶山，山脚下有个老虎窝，所以就叫“龙虎斗地”吧。于是，就有了“九间棚九柱擎天，龙顶山龙虎斗地”这副对联，横批：“山村巨变”。

除夕之夜，我们和村民们一起过年。老乡们端上了富有山村风味的菜，斟上了喜庆的酒，向我们讲起了这几年的“山村巨变”。酒酣之际，村支书刘嘉坤唱起了孩提时代常唱的《十唱共产党》。有人提议说，我们结合现在的形势再编一编新词吧。刘嘉坤讲述往事，我改编歌词，大家七嘴八舌地唱出了新歌：“一唱共产党，改革又开放，推行承包责任制，家家粮满仓……十唱共产党，山村大变样，铁心跟党建小康，幸福万年长！”

春节过后，新华社记者刘德玉、《农民日报》记者延增宝、《大众日报》记者刘同贵等和我联手撰写了关于九间棚的调查报告。报告的核心问题是阐明在国家内部与外部都面临着严重困难的时候，我们既需要稳定社会局势，又需要帮助人民增强对党的信心，让人民愿意跟党走。

几经努力，这组题为《背水决战 穷村巨变》《九名党员九根擎天柱》的6000余字的调查报告被新华社内部刊物破例全文采用并提供给中央政治局领导。

2. 沂蒙精神的提出

时任山东省委书记姜春云了解了九间棚的事情，决定在全省推广这个典型，一方面引领农村脱贫，一方面加强党的建设，强调精神的作用。九间棚由一个艰苦奋斗的典型上升为党政治建设、精神建设的典型。

1990 年 2 月 2 日，姜春云书记到了临沂，在莒南与王渭田等临沂地委领导一起，将沂蒙精神概括为“立场坚定、爱党爱军、艰苦创业、无私奉献”16 个字。

九间棚的刘嘉坤、莒南县相邸乡大峪崖村党支部书记闫维深、苍山县（今兰陵县）大炉乡杨庄村党支部书记杨振刚、莒县柏崖乡杨家沟村党支部书记卢翠秀，及沂南制鞋总厂厂长刘洪明五位基层党支部书记成了沂蒙精神的代表。

1990 年 4 月 10 日至 14 日，他们组成“沂蒙精神报告团”，先后在济南市直机关、工厂、部队、高等院校中做了七场报告，受到了热烈欢迎并引起了强烈反响。从此，沂蒙精神走进了齐鲁人民的心中。

在山东教育学院（今齐鲁师范学院）的一场报告会上，很多大学生都哭了。是什么让大学生产生了如此强烈的共鸣？是什么让大学生受到了如此巨大的鼓舞和感染？一位胸佩团徽的大学生边擦眼泪边激动地说：“共产党人的事迹和精神太感人了。”

沂蒙精神的具体表述，有一个随着实践的深入而不断深化和提升的过程。1989 年 10 月，我提出了“开拓进取、顽强奋斗、坚韧不拔、无私奉献”的九间棚精神，在征求刘嘉坤等人的意见后将其定为“团结奋斗、顽强拼搏、坚韧不拔、艰苦创业”。1989年12月12日，李祥栋在《临沂大众报》上发表了题为《发挥老区优势，弘扬沂蒙精神》的文章，第一次提出了“沂蒙精神”这一概念。应该说，“沂蒙精神”这个词的提出者是李祥栋，而当时的背景是九间棚这个典型的出现。在省领导下定论之前，沂蒙精神就是九间棚精神，后来“艰苦创业”“无私奉献”“开拓奋进”等又陆续被纳入沂蒙精神中。

虽然九间棚精神与沂蒙精神都于1989年被提出，但沂蒙精神这个概念是在九间棚典型和九间棚精神出现后被提出来的。在这一点上，当时的地委领导王渭田、乔延春、李祥栋、李玉妹等人的意见是统一的。过了若干年后，他们对九间棚仍有非常深厚的感情，甚至有人说，倘若没有九间棚这个典型的推出与九间棚精神的提出，沂蒙精神这一概念就不可能得到广泛传播。

3. 九间棚轰动全国

1990年6月11日，时任中共中央政治局常委宋平同志看到关于九间棚的新闻报道后，很受感动。他在写给姜春云书记的信中说，他们在那么穷困落后的地方，依靠自己的双手艰苦奋斗，改变了家乡的面貌，让老百姓人均收入达到七八百元的水平，实在是了不起的成绩。现在我国类似这样的地方还有不少，农村富余的劳动力也有很多，如果都能有像九间棚村这样公而忘私的党员干部带头，发挥先锋模范作用，把人民群众组织起来，那就什么样的困难都能克服、什么奇迹都能创造出来。

1990 年 8 月 7 日，全国村级组织建设工作座谈会（简称莱西会议）在莱西召开。在这次会议上，宋平同志接见了与会的九间棚村党支部书记刘嘉坤。宋平同志对刘嘉坤说："你们的事迹报道，我看了，很感人。在高山顶上，那么个小村子，靠党员带头，形成了凝聚力，克服了不少困难。当前，我们碰到的困难不少，但只要形成凝聚力、上下一心，就能克服困难、开创局面。你们靠自己的努力树立了党的威信，也树立了老区的威信。"

宋平同志在大会上的讲话中多次提到九间棚的典型事迹，号召大家学习九间棚建设一个好的党支部，把共产党员的政治优势发挥出来，学习九间棚党员群众开拓进取、艰苦创业的精神。

九间棚典型在莱西会议上引发了轰动，在此后的四个月中，参观九间棚的人数攀上了顶峰。

先是中共中央政治局委员、国务院副总理田纪云专门来到九间棚村，他视察之后说："如果我们大家都能发扬九间棚精神，那么中国的什么事也都能办好了！"中共中央政治局委员、国务委员李铁映来山东考察教育工作时，也到了九间棚村。群众告诉他，村里的小学是村干部用补贴费和奖金建起来的。他深受感动，当即表态要扶持这个有志气的山村。中央书记处书记温家宝也来到九间棚视察。

九间棚的影响在全国扩散开来，不少外省的干部、群众都专程来参观学习九间棚。山西省娄烦县委书记率领了一个由县、乡、村干部组成的参观团来九间棚村取经。他告诉我说，山西省省长看了报道九间棚的那组内参稿后，感动得流下了眼泪，随即指示山区县的干部一定要到九间棚村来学习，以九间棚村为榜样，下决心拼搏奋斗，争取尽快改变山区的贫困面貌。

河北省获鹿县（今石家庄市鹿泉区）白鹿泉乡党委书记张成福在全乡干部大会上朗读我们写的那篇通讯，声泪俱下，在场的 45 名干部也都感动得流出热泪，大家一致要求到九间棚村做实地考察。来到九间棚后，展现在他们面前的的确是一面“明镜”，既照见了他们那里与九间棚之间的差距，也照见了他们那里可以开发的智慧、资源、信心和力量。他们顾不上休息，就在山顶上的蓄水池旁召开了动员誓师会，决心学习和赶超九间棚村。

据平邑县接待站的不完全统计，截至 1990 年 9 月中旬，短短两个月间，来九间棚参观学习的人数已超过了 10 万，平均每天就有 4000 多人来到这里，最多的时候，一天竟有上万人。

与此同时，相关荣誉也接踵而来。九间棚村党支部书记刘嘉坤成为全国瞩目的人物，他被评为全国劳动模范，当选为中国共产党第十四次全国代表大会代表、第九届全国人民代表大会代表，九间棚党支部亦被评为全国先进基层党组织。从 1990 年初到 1991 年末，九间棚成了中国农村中影响力最大的典型。

第二节　创建九间棚式党支部

随着山东省各地学习九间棚活动的展开，一批学习九间棚的先进村涌现出来，有十多个市、地、县、区做出了向九间棚学习的决定。有些县、区还召开了有线广播大会，邀请九间棚村党支部书记刘嘉坤做报告，也有邀请我去讲的。有的县买回了《九间棚之路》录像片，组织全县干部、群众收看。平邑县、莱阳市等地还把我写的通讯印成小册子，发到了每个党支部。

1991年1月31日，中共临沂地委做出《关于在全区农村开展创建九间棚式先进党支部活动的决定》，号召全区农村党支部及全体党员、干部要以九间棚村党支部为榜样，更好地发挥战斗堡垒和先锋模范作用，组织、带领群众大力弘扬沂蒙精神，投身改革开放和经济建设之中，为加快开发、建设、振兴沂蒙的步伐而奋斗。

1."小黑板"上的黑石片村

平邑县委书记綦敦祥建议我去看看黑石片村。这个村的党支部书记张志合长年在工地上吃住，辛苦操劳，致使喉部器官被部分切除。后来，他走到哪儿都背着一块小黑板，用粉笔写字与人对话。就是凭着这种毅力，他领着群众改变了村子的贫穷面貌，使该村的人均年收入由480元增长到1100元。

我来到这个村时，已是中午时分，这位党支书已带领着村民在山上打了六个小时的石头了，还没有吃早饭。干粮送来了，张志合竟抱着馒头，倚在石头上睡着了。他一夜未睡，又抡了一上午大锤，太累了。当人们叫醒他时，他嘴里嘟嘟囔囔，我根本听不清他说什么。了解他的群众说，他是操心晚饭的面粉还没着落哩——大伙儿这一年多来干活儿吃的面粉，都是张志合自己掏钱买的。

早年间，在黑石片村，村民们五离四散的心像被打碎的黑石，聚不拢。前些年公社修水库，村里仅有的160亩良田被占去了，只剩下几十亩山岭薄地，150口人中的75个壮劳力或出去逃荒或出去做买卖。1987年，该村的人均年收入不足百元。

张志合是当地数得着的“能人”，自己有一辆汽车，是有名的运输大户。了解到九间棚村党员群众艰苦创业的事迹后，他马上翻过一道道大山，于黑夜中摸到了四面皆是悬崖峭壁的龙顶山上，亲眼看到了九间棚人创造的业绩，受到了教育：自己虽然富了，可群众还在受穷，那自己当这个党员有啥意思？他用手拍打着脑袋，陷入了深深的自责。

第二天，他把全村的36个劳力用车拉到了九间棚，在九间棚的天池边喊开了：“老少爷们，我活着，就得像个共产党员的样儿，死了，你们照着我的样子干，黑石片就一定能翻身！”大伙儿的心激荡起来了。从此，黑石片一度消失的村“两委”班子又冒出来了，他们学着九间棚的样子，制定了山、水、林、田、路综合治理计划。

第一步是通自来水，解决群众吃水难的问题。村里没钱，张志合就把几年来搞运输挣的1.7万元全拿了出来，把盖房子的木料卖了，把口粮卖了，他妻子把仅有的几个鸡蛋也用瓢端出来卖了。在他的带动下，群众争相卖猪卖羊，村里很快就筹集起了3万元，只用了20多天的时间就把自来水引到了每家每户。放水那天，老人们捧着清冽的水说："感谢共产党啊！"

黑石片有宜林山地近千亩，他们趁热打铁，要在山腰建一处能蓄水13万立方米的塘坝，救活这片长不旺的山林。但据粗略估计，黑石片的劳力即便都上阵，也要干三年。为了赶进度，张志合第一个在山上搭起了帐篷，吃住在工地上。他看得见家门，可硬是两个多月不回家，头发、胡子长到两寸多长，嗓子痛得水饭难进。有一次干活儿，他累极了，竟吐出一口口鲜血。党员干部的行动是无声的命令，76岁的张志俭不顾年高体弱，也跟着住到山上的帐篷里，缺劳力的人家则下山搬来亲戚相助。就这样，黑石片人苦干了四个月，建成了一座长80米、高18米、宽6米的大塘坝。修完塘坝，他们又一鼓作气，造出了150亩梯田，又栽上了果树，使黑石片逐步变成了"花果山"。

山绿了，又变红了，村里的笑声也响起来了。然而，村里也有人骂开了张志合。张志合知道，这两年，那些用不法手段赚钱的风气熏昏了一些人的头脑，有些人嫌在村里干工程太苦、来钱慢，怨恨张志合把大伙儿拢成团，让他们不好意思出去自己赚钱。有人在他家屋后吆喝："张志合不死，俺就得跟着他累死！"大年三十，有人竟在他家的大门上贴丧联。张志合在支委会会议上冷静地说："人家刘嘉坤是怎么干的，大家也都看到了。俺是党员，吃点亏、受点气没什么，只要大伙儿心朝支部靠、力往一处使，准能使日子红火起来。如果人人自顾自，连坑蒙拐骗的事也眼热，那么人心也就散了，党员在咱村说话也就没人听啦。”

很快地，张志合说服了弟弟，把哥俩合伙买的汽车卖了，把钱投到了村里的工程上。村里的干部在工地上算开了张志合的“奉献账”：

1989 年 10 月，村里建扬水站，张志合拿出 3113 元，买来钢管、电缆线、电盘；1990 年 3 月，他又拿出 5283 元，买高压水泵、水泥，为村里修筑渠道 6000 余米；修渠道时，又献出自己准备用来盖房的 80 方石料；盖坝旁工房时，他拿出 700 页瓦；村里干工程时，大伙儿吃的面粉都是从他家拿的……粗略一算，仅仅是有凭据的现金支出就有 2 万多元，各种实物可折合为 4 万多元，至于其他小账，不仅大伙儿算不清，就连张志合本人也记不清了。

我去的时候，一度是村里首富的张志合仍然住在阴暗潮湿的房子里，屋里没几件像样的家具。

庄户人心里有杆秤，大伙儿在工地上嚷开了：“跟着志合干，虽然苦点儿累点儿，可心里踏实，黑石片有盼头！”“志合的道儿是共产党的正道，他不追求个人享受，而是要与大家一起富！”

如果说吃苦是共产党人带领群众脱贫的前提，那么奉献则属更高的境界。张志合把一切都献给了大伙儿，他就像一杆大旗，把全村人紧紧地团结在了一起。村里人干活的劲头更足了，下雪天干，下雨天也干，张志合看着心疼，把群众从雨雪中往帐篷里拉，但拉回这个，那一个又跑出去了。张志合没办法，就以开会的名义把大伙儿召集到帐篷里歇一会儿，可不等会开完，人就跑得精光，又到雨雪中干起来了。连那个一度诅咒张志合的人都主动到他家认错，张志合淡然一笑泯恩仇。

后来，村里又投资近百万元，建成了一家年加工能力 20 万立方米的板材厂。张志合的嗓子更哑了，最后被迫切除了部分喉部器官，从此只能发出声音，说不清楚话。可住院养病的他仍记挂着村里的一切，便用粉笔写在小黑板上询问：苹果长势如何？板材石料缺否？眼里流露出关切、焦急的神情。前来探望的村民满脸是泪，一一回答。

再次回到黑石片时，张志合已两眼深陷，面颊瘦削，走起路来颤颤巍巍。他先来到板材厂摸摸板材，又来到硕果累累的山坡上闻闻果香。虽然他已不能说话，但心里始终燃烧着一团火。村里人均年收入 1800 元的梦还没有实现，所以他就一直带着小黑板，走一处，写一处，问一处。

黑石片村村民在参观完九间棚之后，也制定了山、水、林、田、路综合治理计划。村民们吃住在工地上，开始了艰苦创业之路。

我问他，是什么支撑着自己这样去干。他在黑板上写下了“共产党员”四个字，又写下了“九间棚”三个字，在场的人眼睛都湿湿的。我把这个情况告诉了綦敦祥书记，他说，一个书记一杆旗，典型的作用太大了，九间棚精神是脱贫工作的强大动力啊！

2.“铁拐”架起的杨庄

在苍山县（今兰陵县）大炉乡，在曾是老革命根据地的抱犊崮下，有个山村叫杨庄。与九间棚一样，自有人家以来，这个村一直“穷”字当头。

1986 年 2 月，杨振刚当选为杨庄村党支部书记。

杨庄村是全乡挂名的“三差”村。一是群众生活水平差，1985 年的人均年收入只有 180 元，集体欠贷款 9000 元，500 来口人的小山村竟有 24 个光棍儿汉。二是社会风气差，偷、赌、打、抢恶风盛行，不仅本村多骚乱，还搅得邻村不安宁。三是领导班子素质差，干群关系紧张，干部嫌群众不好管，群众看干部不顺眼——全村 13 名党员，有 8 名当过支部书记，杨振刚上任的前一年，就走马灯似的连换了三茬支部书记。

杨振刚于 1975 年应征入伍，在一次执行国防施工任务时，他被从高处落下的木棒击中了腰部，身负重伤，从此落下了外伤性脊髓蛛网膜炎、胸椎十二压缩性骨折等病症，被定为一等伤残军人。此后，他就靠一副铝合金胸腰卡和两根铁拐支撑身体。医生对他说："此病最怕劳累和发烧，一旦引起发炎，病菌侵入脊髓腔，你就会有高位截瘫的危险。"

杨振刚当选村支书的消息一传出，人们就直摇头，担心他的身体根本吃不消。

这时候，九间棚已经出名了，杨振刚便领着党员到九间棚参观，将自己多年思索的山、水、林、田、路、村综合治理的规划方案和盘托出。"干！我带头，像刘嘉坤一样，干部党员跟上！"杨振刚坚定地说。

杨庄村有大大小小九座山，三十年前，山上也曾浓黛如染、鸟语花香，可惜"大跃进"时，山林被伐了个精光，山变秃了，人更穷了。九座山上有 2200 亩荒山、500 亩荒滩，这是杨庄村的巨大财源，杨振刚的第一犁就下在开发荒山、发展林果业上。

从九间棚参观回来的当天下午，他拄着铁拐，和支委、村委干部上山搞勘测规划。他们从下到上，又自上而下，一遍又一遍地丈量。杨振刚拄着拐走平路还能将就，但爬山就艰难了——上缓坡需别人扶着，上陡坡则干脆别起铁拐，用手扒着石头揪着草往上爬。如此上上下下，一天爬了 15 公里山路。回到家后倒在床上，他浑身就像散了架，痛得一夜难眠。

在规划二米山那天，杨振刚爬一个陡坡，不小心踩滑了石头，一下子翻下来，顺坡滚落了30米，胸腰卡被扭到一边，人疼得当场昏过去。医生对他说："太危险了，要是伴着高烧，你的下肢就保不住了。"杨振刚闻言没有说话，出院当天就回到山上和大家一起干活儿。每刨下一镐头，他的腰都疼得揪一次心。

不知用了多少天，秃山上破天荒地开垦出一块石垒地堰环绕、田面平整的倒流水高标准梯田。人们兴奋起来了。平时干活儿爱磨蹭的人也来了精神，原来蹲在山下柿树底下冷眼旁观的人也被吸引上了山。全村的男女老少一齐下力干，搬石、刨地、运土、垒田，一块又一块梯田呈现在全村人面前。

几年的时间过去，杨庄村的九座秃山充分得到了开发、绿化，栽植雪桃、苹果、板栗等多种果树10万棵，白果、刺槐等经济树20多万棵；同时，村里还修了15公里的环山路，建起了一座二级扬水站，引水上山，实现了果园的水利灌溉。村民算过一笔账，杨庄村仅树一项，就增加了370万元的家当。杨庄村成为本县西部落后山区率先富裕起来的文明村庄。

3.“新愚公”盘活的宁家沟

1991年1月，我随着乔石同志到沂蒙山视察农村脱贫情况，到了宁家沟村。被称为“新愚公”的基层党支部书记孙士元是个直爽人，见到我，他说：“你叫李锦，九间棚的脱贫事迹就是你写出来的。你也写写我们吧，我们学九间棚，不比他们差。”

宁家沟村是个典型的山区村，有大大小小24座山头，330户人家1170名村民散居在24个自然村中，人均只有半亩地。

“要摘掉穷帽，就得整山引水！”几年的实地勘察、研究，坚定了孙士元整山引水的信念。1983年，孙士元带领群众放响了整山引水的第一炮。

整哪座山，他们就在哪座山上搭个棚子，吃住都在那里，有时一连五个月都不下山。凭着这股韧劲，孙士元带领着宁家沟人一年治理一个山头，整修梯田、砌石堰、建蓄水池、建防护林、建果园，让昔日的秃头山变成了花果山。

刘嘉坤说，宁家沟是九间棚学习的榜样。宁家沟人说，他们是1983年开始搞的，后来九间棚超过了他们。九间棚的报道一出来，孙士元就带着党员去参观学习。

以前，因为宁家沟不通路，丰收的果品运不出去，最后一算，反倒赔钱。路不修通，山就白整了。参观了九间棚之后，孙士元决定打通村内村外的路。这年春天，全村又男女老少齐上阵，用了两个月的时间，修了一条 6 公里长、连接起 12 个自然村的硬化路，此后又陆续修了 26 公里。自宁家沟村通了硬化路以后，外地客商便可以直接把车开到老百姓的果园，在田间地头收购农副产品，果品价格涨了，村民的“钱袋子”也渐渐鼓了起来。

后来，见九间棚种金银花，孙士元就带领宁家沟人搞科学种植，经常去外地请果树专家来村里做技术指导，并举办各类技术培训班。1990 年后，经反复考察论证，他们决定投资 100 万元，上一个板栗粉加工项目，以提高农产品的附加值。

在村支书岗位上的 30 多年，孙士元带领着宁家沟人把一个穷山村建成了小康村。后来孙士元去世时，成千上万人为他送行，他是沂蒙山区又一个传奇人物。

第三节　沂蒙精神促脱贫

1. 全国第一个老区脱贫

沂蒙山区方圆数百里，层峦叠嶂，形成了无数道天然屏障，素有“四塞之崮，舟车不通，土货不出，外货不入”之说，由于自然和历史等多种原因，这里的经济发展速度相对缓慢。到了1984年年底，沂水、沂南、蒙阴、平邑、费县、苍山（今兰陵）、临沭等沂蒙山区7县被国务院和山东省政府列为扶贫开发工作重点县，是全国18个重点连片扶贫区之一。1985年，临沂开始有针对性地开展扶贫开发工作。

声势浩大的脱贫攻坚战，使临沂变成了践行沂蒙精神的重镇。当地人用了十年的时间，使临沂于 1995 年在全国 18 个重点连片扶贫区中率先整体脱贫。沂水、沂南、蒙阴、平邑等地终于摘掉了戴了 11 年的贫困县（区）的帽子。

在完成这一脱贫壮举的过程中，沂蒙各级党政机关先后派出五批上万名干部下乡扶贫。有的青年干部没度完新婚蜜月就告别妻子奔赴山村，十几名妇女同志甚至带着吃奶的孩子进了山沟。

他们想群众之所想，急群众之所急，为山区人民解忧愁办实事，同山区人民共尝生活艰辛、体会创业艰难。几年间，临沂机关扶贫干部中涌现出各种先进人物 900 多名，蒙阴县人民武装部政委熊子和就是有代表性的一位。

蒙阴县是孟良崮战役遗址所在地。1986 年 3 月，头发花白、身背行李的熊子和在孟良崮山前崎岖的羊肠小道上，见野猪窝村的四名壮汉正抬着捆绑在门板上的一头肥猪下山。忽然，一个人脚下踩空，几个人都重重地摔落在了悬崖下，险些跌进山涧里。熊子和看了很受刺激——曾经，这里有数千名烈士洒下了鲜血；而现在，这里连一条像样的路也没有。

熊子和在进山后开始了对群众的走访。他来到杜家岭村残疾军人杨中山的病榻前，杨中山期待地对熊子和说："老熊啊，咱这山旮旯里就因道路不通，年轻人光棍儿成群，只见姑娘下山去，不见媳妇儿上山来；山外的板栗一块多一斤，咱这里的只能卖几毛钱。”在那半个月的时间里，熊子和从群众口中听到的最多的一个字就是“路”。

路关乎山里人的幸福，牵涉着山区经济的发展。熊子和连夜在油灯下给省委写报告，汇报孟良崮的贫困情况并提出修路的建议。不几天，交通部门的技术人员就赶到现场，勘察设计施工方案。秋收一结束，施工队就率领着数千名民工来到这片曾被烈士鲜血染红过的土地。熊子和领着各施工队的负责人先到九间棚参观。九间棚的山比孟良崮要陡得多，大伙儿说，九间棚的人都能把路修上山顶，那咱们一定也能把路修到家门口。

为了早日打通山路，他们风餐露宿，争分夺秒地在工地上干。到外地运送炸药雷管危险性大，年过半百的熊子和每次都会亲自装车押车，昼夜不歇，就连家中百岁老母重病住院，他也顾不上到床前尽孝。

终于，1987 年 5 月，在纪念孟良崮战役胜利 40 周年之际，一条有 54 道弯、28 座桥涵，长 5 公里、宽 6 米的山路顺利开通了。接着，他们又像九间棚人一样再接再厉，修筑了 25 公里的环山路，使得村村通车。

山间公路的贯通使山村经济从此有了转机，村里的山货能出山了，群众的日子一年比一年好。

1989年8月27日，沂源县鲁村镇三黄沟村的清泉水从220米深的地下喷涌而出，山村沸腾起来了，家家户户的人都在院子里放鞭炮。井打好后，没多久，村里的11个光棍儿都找上了媳妇，老支书为此乐得前仰后合，说："三黄沟到底有盼头了，原来新娘就在这井里。"

可是，往日的三黄沟村很少听得到笑声。在这"四塞之崮"的山沟里，滴水贵如油，走亲串友时，最珍贵的礼物莫过于一桶水。村里的630口人守着一条沟艰难度日，还因为挑水出过三条人命。1978年后，村里着手打井，可到头来只打出了八个干窟窿。缺水、缺粮、缺媳妇，三黄沟穷得出了名。

"一定要让三黄沟的乡亲们喝上泉水！" 1986年，到这里扶贫的临沂地区公路段党委副书记陈善民在村民大会上洒泪宣誓。谁知，水利技术员选准的第一眼深水井在打到一百米处时，钻头就崩断了。此后两年，村里所打的第二眼、第三眼井依旧是干井。为了打井，三黄沟已耗资六万元，这钱都是群众咬紧牙关凑出来的。全村父老乡亲望着干井，失声痛哭，陈善民看着这场面，心里比刀割还难受。

1989年元旦刚过，陈善民偶然从报上获悉沂南有位看水专家，于是，他在一个月中四下沂南，将这位能人请到三黄沟，定下第四个井位。开钻那天，地区公路段、沂源县政府的负责同志赶到现场，调来最好的打井设备和最棒的骨干人员，稳扎稳打，遇到情况就直接请县长拍板解决。功夫不负有心人，第四眼井终于打成了。

1990 年元月，沂源划归淄博市，原属临沂地区的工作队要撤离了。欢送工作队的那一天，三黄沟的父老乡亲纷纷捧来一碗水，放在了工作队的住处。

毋庸置疑，沂蒙山区整体脱贫，为中国 20 世纪脱贫史开启了一个雄壮的序幕。在全国 18 个重点连片扶贫区中，沂蒙山区第一个脱贫，对全国脱贫起了样板作用。九间棚、桃园、吉金峪等十面红旗，是 1984 年到 1989 年间的主要脱贫代表。1989 年后，九间棚刘嘉坤与莒南卢翠秀、苍山杨振刚等农村支部书记成为沂蒙精神的主要代表人物。在整个沂蒙山区脱贫过程中，九间棚这一面鲜艳的红旗始终高扬。

2. 沂蒙精神的内涵

1991 年 5 月 9 日至 14 日，由山东省委宣传部、省社会科学联合会和临沂地委联合召开的山东省首届沂蒙精神理论讨论会隆重举行。会议期间，与会人员对九间棚等代表沂蒙精神的相关村落进行了参观考察。

我在发言中说，任何一种伟大精神的产生和发展，都需要从“源头”上寻找其形成强大生命力与创造力的“密码”；任何一种伟大精神的存在和发展，都需要从核心“价值点”上确认其“撬动历史”的“支点”。据此判断，沂蒙精神的本质与内涵是群众路线。沂蒙精神的核心回答了党与群众的“关系”，是中国共产党群众路线在沂蒙乃至山东地区的展现，是中国共产党群众路线的延续、发展和升华。

沂蒙精神起源于中国共产党领导革命战争的关键时期，被提出于中国共产党领导改革开放的关键时期。

沂蒙山区是我国抗日战争与解放战争时期重要的革命根据地，涌现出了许多战斗英雄和“沂蒙六姐妹”“红嫂”式的拥军支前模范，从而形成了具有地域特征的沂蒙精神。

改革开放时期，九间棚精神与沂蒙精神的提出，起于脱贫而不局限于脱贫。在党群关系趋于紧张并对社会主义思想体系造成严重冲击之时，九间棚精神与沂蒙精神是以“九柱擎天”之力扭转乾坤的一种精神力量，从根本上反映了共产党人对马克思主义和中国特色社会主义的信仰追求、对群众路线的坚持，是社会主义价值体系的重要体现。“沂蒙精神”这一概念，是带着维系中国共产党历史命运的重任来到这个世界的。

“爱党爱军”是沂蒙精神的灵魂，体现了党群之间的血肉相连、水乳交融和军民之间的鱼水情深，是脱贫攻坚的基础所在。新中国成立前，党领导沂蒙山区人民取得了革命的胜利；如今，党又领导老区人民向贫穷落后开战，全面建设小康社会。看得见、摸得着的幸福生活前景激发了沂蒙人民爱党爱军的极大热情，坚定了他们义无反顾跟党走的决心。

“开拓奋进”是沂蒙精神的主题，这不仅是对中国共产党人改革创新、变革图强的先进思想的高度提炼，也是脱贫攻坚意志的集中展现。正是这种秉性，使中国共产党领导的人民军队不畏艰险，不怕牺牲，开辟根据地，亦使沂蒙儿女敢于冒极大的风险支持革命、参与革命。在社会主义建设和改革开放的新时期，临沂率先在全国老区中实现整体脱贫，山东迎来了社会经济发展得最好最快的历史新时期。这是争取群众信任、组织群众、与群众一起建成小康社会、实现中华民族伟大复兴梦想的强大动力。

“艰苦创业”是中国共产党领导下的沂蒙人民的精神风貌，它体现了中国共产党人自力更生、艰苦奋斗、顽强拼搏的作风，是脱贫攻坚的战斗力所在。像九间棚这样的落后条件、九间棚人这样的艰苦奋斗精神，不仅在山东，甚至在全国也是极少有的。沂蒙山区恶劣的自然条件和深厚的文化积淀，造就了沂蒙人民吃苦耐劳、不屈不挠的精神品格，这在九间棚人身上表现得极为突出。

“无私奉献”是沂蒙精神的核心，概括了中国共产党和沂蒙人民顾全大局、团结协作、公而忘私、自我牺牲、勇于奉献的价值取向，是脱贫攻坚的凝聚力所在，这在刘嘉坤等九间棚村党员身上就体现得非常充分。在任何情况下，党员们都以党和国家的利益为重，以全村老百姓为重，挺身而出，牺牲自己。这种无私奉献的精神，也感染、带动了广大人民群众，形成了凝心聚力、团结奋进的良好局面。

从 1989 年到 1991 年，九间棚这一典型及其精神的宣传推广、沂蒙精神报告团的宣讲、首届沂蒙精神理论讨论会的召开等三大活动，是沂蒙精神提出后的三大篇章，拉开了沂蒙精神宣传推广和落实践行的序幕。

在新的历史条件下大力弘扬沂蒙精神，就是要始终把群众放在最高的位置上，紧紧地依靠群众，从群众的期待中获得力量，从群众的实践中汲取智慧，始终与群众同呼吸、共命运、心连心，为脱贫攻坚、全面建成小康社会提供最为丰沛的力量源泉。

1991年5月，出席第一次沂蒙精神理论讨论会的代表到九间棚村参观。

第五章

走向市场的艰难

九间棚村摆脱了贫穷，可是村里还不富裕，群众生活还很清苦。于是，刘嘉坤到全国各地富裕的村庄取经，带领九间棚人走上了进城办厂之路。然而，发展市场经济的路并不平坦，历经波折之后，刘嘉坤带领返贫的群众再次创业，选择了做大、做强金银花产业的发展道路。

第一节　下山进城办厂

1. 刘嘉坤万里问富

嘉坤与我熟悉了，每次来济南就与我聚聚。他拉拉村里的事情，我则对他说说国家的事情。1990 年末的一天，他敲开我的家门，与村主任廉茂杰风尘仆仆地出现在我面前。看到两个人都瘦了一圈，我以为村里发生了什么大事，便问他们从哪儿来，他们说“大寨”。

这几年，九间棚因苦干脱贫出了名，成为全国农业战线上的一面旗帜，各级领导见了他们都夸“了不起”。刘嘉坤是朴实的庄稼人，一听到赞扬脸就发烫，总是说："俺们的路刚开头，老百姓的生活还有困难，党的表扬俺们担不起。"

他逢人就问致富之道，时任中央政治局委员的李铁映在他的本子上写下一些先进单位的名字，宋平同志也鼓励他"多出去走走看看"。于是，这个在山里生活了36年的庄稼汉肩负着全村人的重托，带着煎饼上路了。他要到全国的农业先进单位去，看看人家的路是怎么走的。

他一年外出十一趟，行程两万五千里，从沙石峪到大寨，从华西村到小杨屯……走一路，记一路。新中国成立以来，农村发展道路的坎坎坷坷，使这个年轻的村党支部书记心情平静不下来。

"老人家，我是来拜师的。"听了刘嘉坤这句话，河北省遵化县（今遵化市）沙石峪村的老党员张贵顺对这个打老远来的庄稼汉顿生敬意，他把儿孙们叫过来，说："单凭人家这个劲儿，就是正道。"老人兴致勃勃地领着刘嘉坤看山看地看饲养场，介绍这里四十年的创业史。他告诉刘嘉坤，社会主义是靠苦干起的家，要长期坚持才行，至于跑买卖的事，只要走正道就行。

刘嘉坤认真地听了河南七里营的史来贺、江苏华西村的吴仁宝、山东小杨屯的张国忠和山东靖海镇（今已并入荣成市人和镇）的许敬三这些当了几十年村支书的老同志的讲述，并做了详细记录。他明白了：凡是胸膛里只装着个人的，就想得窄、想得近；而装着大伙儿的，就想得宽、想得远。鉴于此，刘嘉坤回村后召开党员会，给党员们上党课，就讲“为人民服务一辈子，艰苦奋斗一辈子”，老党员听了叫好，年轻人也服气。

刘嘉坤说，九间棚虽摆脱了贫穷，可是还不富裕，离小康还差得远。现在的九间棚同过去的九间棚比，人民的温饱不成问题了；但同山下的好地方比，还清苦得很。

九间棚人从最贫穷的起点上起步，勒紧腰带搞工程，虽然收入年年增，但增加的收入又大多用到了工程上，所以每家每户的日子依旧过得比较紧。

乡亲不富，夙愿难了！曾作为农业战线上的特邀嘉宾出席中央电视台春节联欢晚会的刘嘉坤痛心疾首：“村民的生活还这么苦，我一个人在外风光算个啥？山上现有的条件是明摆着的，就是每人那么半亩山岭地，果树又多是新栽的，远水不解近渴。温饱问题解决了，再靠挖山创收，群众的生活也不会在短期内根本好转了。”

在江苏的华西村，刘嘉坤一待就是三天，进工厂、下车间，同华西村人促膝长谈。他强烈地感受到：要想富，办工副。九间棚要想获得更大的发展，就必须寻找新的经济增长点。

这次他与村主任廉茂杰从沂蒙山区出发，去省内他地及辽宁、河北、山西和北京等地学习，11 天走了 7000 多里路。

他们抵达大寨时，天已黑了下来。刘嘉坤爬上虎头山，又看了看曾经“一年辛苦一水漂”的狼窝掌，与同来的村主任廉茂杰在夜色里坐了很久，悄声议论：“大寨后期搞‘大呼隆’，把老百姓的积极性磨没了。咱得顺着改革的路朝前走，回去把承包土地的方案定得更合理些，让大伙儿干得有盼头。再一个，大寨也开始跑买卖、走闯市场的路了。”

大寨、沙石峪、下丁家、华西村……农业战线上的新老典型，他们看了个遍。

由于经常在候车室的连椅上过夜，他们仅仅花去住宿费 194 元。来济南时，我让他们住在我家，他们不肯。我便问单位领导，我去九间棚村住了几十天，人家没有收钱，咱们单位的小招待所能不能也免费让他们住？领导连声说“可以”。我便领着他俩在单位的浴室洗了澡，在家里吃了饭，为他们省下了住宿费。

我们一边吃饭一边商量。嘉坤说：“村里太穷了，最缺的还是钱，所以眼前就一条路——闯市场。要进城办厂，要挣钱。”我说：“一颗心不变，带领群众朝前走，搞市场经济奔小康，先想办法弄钱。”

2. 经商初尝试

我们拉起挣钱的路数，排了排优劣顺序，都觉得从海边贩鱼回来卖赚得快。刘嘉坤他们选的第一个点是胶东荣成的靖海渔业公司，因为靖海渔业公司的党委书记许敬三与刘嘉坤一起开过会，说一定要帮嘉坤的忙。

之前，在一次劳模会期间，许敬三与刘嘉坤同住一个房间。晚上刘嘉坤脱衣服时，许敬三看到他身上被石头磨出的青一块紫一块的伤痕与纵横交错的血道道，禁不住称赞他是“真干家”。嘉坤说：“大伙儿跟我一样，哪个没留着‘记号’？只是现在虽刨掉了穷根，却还没栽上富苗。”许敬三说：“嘉坤呀，你们山里不出鱼，等过年时我给你些鱼，你卖了，再给我钱。”

这时候，天下大雪，也快过年了，我陪着嘉坤一起去了胶东。到了次日深夜一点，我们搭乘的长途车在文登的一个村庄陷进雪窝抛了锚。我们被司机吆喝着一起下来推车，由于车太庞大，我们足足推了一个小时才把它推出了雪窝。当时，我滑倒在雪地上起不来，嘉坤把我拉起来后连声说：“老大哥，俺对不住你。”

深更半夜，前不着村，后不着店，大雪铺地，寒风呼啸，我们被冻得手脚麻木，上下牙齿直打磕碰。嘉坤说：“真不该连累老大哥吃这大苦。”我说：“咱九间棚将来一定会有钱，现在是‘爬雪山过草地’的时候。”我们兄弟俩彼此搀扶着，在雪地里相互安慰。

当看到我们冒着漫天大雪从济南赶来时，许敬三这位饱经风霜的老共产党员动情地说："不管是在山上还是在海上，也不管是在对外开放地区还是在经济后进地区，只要有像刘嘉坤这样的人——有为人民服务的这颗心、有艰苦奋斗的这股劲，就什么困难都挡不住，就一定能使老百姓富起来。"

许敬三一次发给刘嘉坤十来吨鱼，并派两辆汽车免费送货。九间棚的村民在县城边租了一个门头房用来卖鱼。正式营业那天，老支书刘德敬还点了鞭炮。这一挂鞭炮，虽然响得稀稀拉拉的，却标志着九间棚人"进城经商"的开始。

然而，因当时市场流通不畅，山区人吃不惯海鱼，所以买鱼的人很少，刘嘉坤急得焦头烂额。我听说后，特地从济南坐长途车跑到平邑，找县委书记綦敦祥帮助协调，结果两大车鱼卖了一车，还有一车卖不掉。临沂地委宣传部部长李祥栋得知后，打电话协调，让他们把另一车鱼先存在平邑县地方镇冷库。

春节后，刘嘉坤红着脸，把剩下的鱼退回荣成，以免村里遭受更大的损失。最后一算账，村里净赔 300 多元，还不算那四个负责卖鱼的人白搭上的工夫。

第一次下海经商，九间棚人就栽了跟头，但这毕竟拉开了九间棚人走出大山、投身市场经济大潮的序幕。

3. 下山办厂

龙顶山上的冬天很冷，凛冽的西北风吹在脸上像刀割一般。但在九间棚的村委会办公室里，主持村办企业年底审计工作的刘嘉坤身上却直冒冷汗：他不敢相信，村里辛辛苦苦经营的罐头厂、养鸡场会同他们贩鱼一样，仅一年的工夫，就将六万元的投资赔了一半！

的确，要在海拔600多米的山顶办厂谈何容易！由于九间棚用的是农用电，说停就停，所以原先在这里办的罐头厂、养鸡场全都办砸了。怎么办？

刘嘉坤带着满腹疑惑，再次北上南下。沿途所见，那些生机勃勃的企业往往都出在城镇。

回来后，刘嘉坤提出了“立足山上农林果，出山进城办工厂”的发展思路，并多次召开村民动员大会，但没有人予以支持。在最后一次动员大会上，只有村主任廉茂杰表示愿意与刘嘉坤一起到县城去创业。

刘嘉坤表态说：“为了还上村里这些年修路、引水所欠下的债，让大伙儿过上好日子，我们必须走出去寻找更好的出路。我带几人到县城办企业，村里的一切开支由我们负责，村干部的工资由我们支付，上级安排给村里的各项任务由我们付费用，到县城办企业的筹资风险由我们承担，不会牵连到大家。办企业挣到的钱为村里还账，继续搞建设；如果赔了，责任由我们几个人来承担。”

有人担心，这些年，九间棚脱贫体现出的主要是艰苦奋斗的精神，各地来学的也是艰苦奋斗的精神，若因下山办厂而丢了这种精神，那九间棚还是九间棚吗？刘嘉坤说：“我们要珍惜荣誉，但不能为荣誉所累。况且我们并不会也肯定不能丢了艰苦奋斗精神。我们干这么多事，为的是让老百姓过上好日子。咱还得再创业。”在争论中，大家统一了思想：只有走出大山，才能获得大发展！

外面有些人一听说他们要进城办厂，也纷纷摇头。在一些人看来，九间棚人只有死守在山上，永远挖山掘水，这一农业战线上的典型才不会“变质”。但刘嘉坤等九间棚的党员、干部们心里想，若群众不富起来，那这个“典型”当得还有什么意义！只有使九间棚实现了小康，我们共产党员才算有真本事。

当时，平邑县委、县政府领导李玉妹、张志荣、李洪海、李德福等人也坚决支持九间棚另辟蹊径、进城办厂，这给刘嘉坤吃下了“定心丸”。

考虑到平邑境内“将军红”花岗石储量丰富，他们决定因地制宜，办一家花岗石厂。

1991 年 9 月 20 日，九间棚花岗石厂正式动工。刘嘉坤和几名村干部带着被褥、席毡和工具，在县城边的一片草地里搭起帐篷住下来。几十天下来，他们每顿饭只啃个干煎饼、晚上就在工地上睡……工厂内的宿舍、仓库、办公室、给水管道、道路等设施的修建工程，就这样全部由村干部和一些村民连轴转着干了出来，给村里省了2万多块钱。其间，没有谁叫过一声苦、喊过一声累，更没有谁拿到过一分钱的工资！

谁知，花岗石厂投产以后，厂里大大小小的事故接连不断，有时一天之内要白白毁掉价值数百元的优质板材。刘嘉坤非常痛心，为求根治弊病，他不得不再次外出奔走，向省内的成功企业家讨教。

回厂后，刘嘉坤立即召开全体党员会和职工大会，定下了数十条严格的内部管理规范，细化到每一个岗位、每一道操作程序。接着，他又对厂子进行了一次“大手术”，精简管理机构，让富余人员全部下车间。在具体考核时，该计件的计件，该抽本的抽本，单独核算每道工序，定下任务基数，超额完成的那些，收入全部归职工个人。

规范管理加上勤干苦干，使花岗石厂当年建成、当年投产、当年见效益，帮助九间棚人掘到了下山后的“第一桶金”。

然而，就在花岗石厂经济效益直线上升的时候，厂里出现了资金严重短缺的困难。刘嘉坤出去求援，可跑遍数家银行，分文未获。万般无奈之下，刘嘉坤投亲奔友到了临沂，与临沂工程机械厂接上了线，请求他们援助几十万元资金，厂长同意了。机械厂的财务科长担心地问道：“你用什么抵押？何时能还上？”嘉坤说：“我们有厂子，山上还有果品，年产二三十万公斤，每年给您厂抵债。”财务科长迟疑道：“果子是各家各户的，老百姓能同意吗？再说……”听到人家的顾虑，嘉坤急了，七尺汉子的眼角流出了泪。最后，他还是靠着沂蒙山人的一片赤诚、一腔热血，赢得了对方的信任。

这笔救命款，使花岗石厂重获新生，也使九间棚与临沂工程机械厂的友谊得以增进。后来，在刘嘉坤的多次恳求下，临沂工程机械厂又帮助九间棚上了个工程机械配件厂，作为临沂工程机械厂的一个分厂。

1992 年，村里又建起了养殖场，随后又在本县和五莲建起了两处配套的矿山。到了 1993 年，九间棚村已先后在县城建起了花岗石厂、工程机械配件厂、塑料厂、金银花茶厂等工厂，共实现年产值 500 多万元。

一个个厂子和矿山办起来以后，刘嘉坤等几个干部真的把贷款债务独揽了下来，给村民们吃了“定心丸”。

村民的日子渐渐红火起来了，到了 1995 年春节，九间棚人住上了新房子，全村平均每六户就杀一头猪、一只羊，孩子们也都穿上了新衣服。在城里务工的村民，除了留下来看厂的少数人，都带着年货回山上过年。

山上、城里分居两地的九间棚人大会合了，大家互致问候，欢声笑语汇成一片；餐桌上摆的也再不是寒俭的饭食了，而是鸡鱼肉蛋一应俱全。

4. 城里冒出个“九间棚”

1991 年至 1993 年，九间棚花岗石厂和工程机械配件厂等相继建成，一些农民也从山上转移了下来。人们开玩笑说，平邑县城冒出了第二个“九间棚”。

山上的九间棚人户户有田地，家家有果园。一开始，被转移到县城工厂的劳动力还季节性地回流，导致山上、山下两头生产率都有所降低。九间棚党支部发现这一问题后做出决定：在山上完善责任制，发展适度规模经营。

1994 年春，村里对果园、田地进行调整：192 口人，每人一片一份；凡是成户转移到城里的，其份额由村里统一收取后包给山上的能手，山上的能手则上交每份 100 元的承包费，这承包费再由村里补给迁居城里的人。这样，既有利于富余劳动力的稳定转移，也有利于九间棚村的山地开发。

当时，刘嘉坤兼任天宝山乡党委副书记，地位变了，职务高了，但他依然保持着当年的“土”劲儿：村里的小轿车，他一年到头坐不了几回；年迈的老母亲和多病的妻子，更是得不到他多少照料。他先后为 20 户有进厂职工的家庭解决了在县城的住宿问题，自己却自费租赁了一处民房以供栖身。在刘嘉坤的带领下，九间棚人不光迈步下了山，还在市场经济的冲浪中站稳了脚跟。

自 1984 年中央一号文件规定“允许务工、经商、办服务业的农民自理口粮到集镇落户”起，二十多年严苛的城乡隔绝体制终于有所松动。1985 年，国务院提出允许农民进城开店、设坊、兴办服务业以及提供各种劳务的经济政策，打破了对农民“离土不离乡，进厂不进城”的限制。这样，一方面，被转移出来的劳动力在新的产业中会创造出新的价值；另一方面，留在农村继续耕种土地的农民，也提高了生产效率，所获经济效益更为可观。

九间棚的实践便证明了这一点。进城务工的农民每人每月平均可得工资 500 元，陆续在九间棚统一征来的地基上盖起房子安了家；在山上，过去为近 200 口人享有的生产资料现由 100 来人支配使用，成本大幅降低，人均收入也迅速增长。由于规模经营、管理得当，九间棚村 1992 年的果品总产量达 30 万公斤，地瓜干总产量达 5 万公斤，山上人均实际收入比上年增长 60% 以上。

农村剩余劳动力向非农产业的转移，推动着城市化的进程。随着城镇文明的进一步发展，农民将逐步转化为市民，综合素质亦会大大提高。短短几年的时间，转移下山的九间棚农民无论是在经营理念、市场观念方面，还是在科学文化知识、时间观念，甚至是生活方式方面都有所提升。在花岗石厂与工程机械配件厂工作的农民得到专业培训，在生产的各个环节发挥出技术骨干的作用，与同行业的城市工人相比并没有什么差别。

刘嘉坤在村民大会上说："俺带领大伙儿转移到城里来，不但是要提高咱农民的素质，更主要的是要培养下一代人的文化素质。在山上，谁家的孩子念完初中，就认为是有学问了，上完高中，就觉得了不起了；可在城里，只读完初中，就不好意思说，上个大学，也觉得平平常常。俺就是要叫咱村的人有城里人的这种文化意识，多培养素质高的新一代后生。"

此时，九间棚在城里的公寓群已经建成，生机勃勃的工厂企业也扎根在县城。刘嘉坤已是九间棚实业开发总公司总经理、天宝山自然风景区旅游有限公司总经理了，他虽然还是那张黑里透红的四方脸，但憨厚的神情中已透出成功者的自信。

第二节 贫困农民找组织

1. 北京大学的特殊学生

1996年，是刘嘉坤最感煎熬的一年：三家企业的管理、销路方面出现了问题，致使产品大量积压；向银行贷的500万元款，利息越滚越多；自己的身体也因长期超负荷运转，逐渐有些撑不住了。有一天，他昏倒在工厂的车间里，被紧急送往医院抢救。经检查，医生发现他患有心脏病和严重的胃病。

躺在医院的病床上，刘嘉坤反复琢磨三家村办企业的前景和出路，想来想去，还是决定响应号召进行改制，同时将债务全部化解掉。

出院后，刘嘉坤主持召开了两次村“两委”会议，反复讨论并形成改制方案，经村民代表投票表决通过。随后，三家企业相继被转让给私人经营。改制以后，刘嘉坤仍帮着这几家企业筹资金、跑销售，扶持其发展。

刘嘉坤从小在山里长大，最开始办工厂、跑市场时，他懂得太少。于是，他到华西村去学技术、学管理。他向人请教经验，总是如饥似渴，常常一听就是一天。到济南来，他喜欢在我家书架前浏览，我说你相中了啥书就拿走，他每次都一堆一堆地抱回去。初中文化都不到的刘嘉坤，用当年治山的韧劲儿来登“书山”。

村办企业改制以后，刘嘉坤思前想后：辉煌和荣誉已是过去，而今不进取就会落伍，自己不能躺在功劳簿上吃老本，得继续前进，再做新贡献。可是，九间棚究竟应该怎样发展、怎样实现共同富裕？刘嘉坤一时找不到方向。分析来，分析去，他知道自己是吃了文化程度低、不懂企业管理知识的亏。这时候，村里的各项事务也理顺了，全村脱了贫，老百姓已吃穿无忧。于是，他决定找个地方去“充电”。

1997 年 3 月，已任市委副书记的李玉妹征求刘嘉坤的意见：“你身体不好，要不就别当村里的支书了，给你在县直机关找个位置，好好把身体调养一下？”

刘嘉坤当场婉拒，说：“村里搞市场经济，好多东西我不熟悉。俺想出去读书，学习管理。”

这一年，我有一个朋友恰好在北京大学成人教育学院读书，他愿意为嘉坤联系读书的事。我打电话给李玉妹副书记告知此事，建议先让别人主持村里的工作，让刘嘉坤去学习。组织同意了。

1997 年 9 月，刘嘉坤来到北京大学光华管理学院学习企业管理，后来又师从著名经济学家厉以宁教授，成为第一个以村支书身份进入北大学习的访问学者。

刘嘉坤初到北大学习时，在笔记本上写了一首诗，表达自己的感受：

我当支书十三年，
历经坎坷多心酸。
扪心为何此因果，
学识浅薄缺手段。
自己本是土老帽，
使用人才难上难。
自我加压沉下去，
不长本事不回还。
生就倔强不服输，
生命不息不算完。

刘嘉坤在北大学习期间的学费、生活费等一切费用均需自理，这就意味着他得想办法挣钱。他每个周末都到北京郊区的果园打工，吃的是最便宜的方便面就咸菜。

通过一次偶然的机会，他认识了一位在北京顺义县（今顺义区）南彩镇九王庄村承包了500亩苹果园的临沂老乡，老乡让他去当技术顾问，每月给他2000元的工资。没想到一年后，这位老乡因种种原因不再承包果园了，九王庄村支书见刘嘉坤是个实在人，便动员他来承包。刘嘉坤没钱，只好动员弟弟刘嘉太卖掉自己的小花岗石厂，帮他承包下这片苹果园。后来，这片苹果园成为九间棚的北京农业园区。

就这样，刘嘉坤白天上课，晚上到园区干活儿，一天只能睡四五个钟头，但他在两年间硬是攻下了十几门艰深的课程，顺利通过了结业考试。

刘嘉坤不满足于一纸文凭，读书期间，他主动结交了许多科研院所的院士、教授，并与中国科学院植物研究所建立了合作关系。在他们的支持下，刘嘉坤选了他最在行的林果作为研究的主攻方向，边研究边实践，并定下论文题目《贫困山区脱贫致富之路探析》，思考怎样让农民从根本上脱贫，怎样让全国的贫困山区实现整体脱贫。刘嘉坤的视野拓宽了，思想也上升到新的高度。

在高等学校国内访问学者工作成绩考核表上，厉以宁对刘嘉坤的评语是：该生在进修期间认真学习，并能联系中国农村实际问题进行研究、探讨，学习态度端正，关心经济改革。其间，刘嘉坤还当选为北京大学第十次党代会代表。

虽然刘嘉坤身在北京，但他一刻也没有忘记九间棚。在读书学习、管理果园的同时，他心里一直惦记着村办企业改制后，被辞退的村民回村没地种该如何安置的问题。

2. 返贫农民到北京找刘嘉坤

签订果园承包合同两个月后，刘嘉坤的心刚刚安定下来，没有想到，九间棚村的两名党员干部代表一些村民给刘嘉坤写了一封长信，诉说了他们的困难。原来，企业改制后，有的工厂负责人嫌弃他们年纪大、不懂技术，把他们解雇了，这些人的土地也被流转给了村里其他农户。他们还说，有些党员在有了权与利之后就忘记了群众，村里出现了明显的两极分化，有的年收入几十万元、几百万元，有的则根本没有收入。他们觉得自己穷一点没啥，可孩子们到这时候还过着穷日子，遭人白眼，像低人一等似的，这让他们心里十分难受。

他们思来想去，觉得还是得找刘嘉坤。在他们眼里，刘嘉坤就是九间棚人的主心骨，他不会不管穷人！他们说：市场经济虽然无情，但市场经济是社会主义制度下的，是共产党领导的，怎么就不管穷人了？

村民在信里说得很诚恳，刘嘉坤读后也百感交集，既为有的党员见利忘义、丢下困难群众不顾而生气，又为村里部分农民返贫而焦急，还为村子不能如愿发展起来而深深地自责。

刘嘉坤立马回信：“日子一起过，我吃嘛，他们就吃嘛，他们干什么活，我就干什么活。”他整修了果园里部分被遗弃的破旧房子，预备着让村民搬来后居住。

没过多久，九间棚村八户人家老老小小二十多口人，全部来到了九王庄村的苹果园。他们找到了刘嘉坤，就像找到了主心骨。年纪大的人激动得直掉泪，说：“俺就不相信党会不管俺。嘉坤走到哪儿，俺们就跟到哪儿。”

孩子、老人们期待的眼神，让刘嘉坤心疼。嘉坤说：“共产党就是帮助穷人的，党不会不管穷人。是党员的，跟着我干，不能让别人说党的孬话！”

他们安顿下来之后，在苹果园里干些除草、施肥、采摘的活儿。刘嘉坤不仅要操心这二十多个贫困农民的生活开销，还要帮忙联系让他们的孩子就近上学。当时有位记者在采访刘嘉坤时非常感慨地说：“刘书记，你真是个大好人。可你养着这么多拖家带口的村民，企业能发展起来吗？办企业哪有这样办的？我真替你担心替你犯愁！”刘嘉坤说：“我是支书，我有责任。”

为了探寻科技园的发展模式，1999 年 7 月，刘嘉坤从北京大学毕业后没立刻回到村里，而是留在了九王庄村苹果园和村民们一起干活儿，并将家属都接了过来。对于村里的工作，他则是隔上一段时间就回去安排一次。

这年年底，平邑县委书记到九王庄村苹果园看望刘嘉坤，见他明显地消瘦、苍老了，又见他们一家五口（包括他 82 岁的老母亲）住在破破烂烂的房子里，心里十分难受。特别是了解到他的一系列遭遇，了解到他来北京学习、承包苹果园都是为了村集体、为了返贫的村民后，县委书记他们一行六人没有一个不同情、不感佩的。

县委书记对刘嘉坤说：“嘉坤啊，我们光知道你来北京上学，又在北京发展了，却没想到你遭受了这么多磨难。你回去发展吧，有党哩，有县委哩！”

刘嘉坤的眼泪在眼眶里直打转：“俺入党干了这么多年，就是为了老百姓好。可是现在老百姓还是这么穷，这是俺没本事，俺对不起党这么多年的培养。”

刘嘉坤决心尽快回到老家，把家乡的山山水水都治理得好好的，让村里不再有穷人。

返贫群众在绝望时，相信党不会丢下他们不管，找到了支书刘嘉坤。刘嘉坤没有让他们失望，他在群众最困难的时候挺身而出，经受住了考验，成了贫困农民的靠山。刘嘉坤后来创建生态农场，把九间棚建成国家4A级旅游景区，从某种程度上来说，不仅是为了发展现代农业，而且也是为了让村民得以在村中就业，过上好日子。

战争年代，党为民爱民，人民爱党，党和人民共同演绎出“生死与共、水乳交融”的人间大爱，建立了同呼吸、共命运、心连心的血肉联系。在新的时期，刘嘉坤再次用实际行动诠释了党员干部与广大群众“生死与共、水乳交融”的大爱大义。

第三节　重整旗鼓再创业

1. 第三次创业

2000年春节前，刘嘉坤带着家眷及另外八户村民回到了九间棚村，从头再来。

刘嘉坤回来前，心里非常痛苦。村里穷的穷、富的富，怎么办？过去村民们穷，是都穷，大家心往一处想，劲往一处使，团结一心干事业。可自从自己带了一部分人进城办企业，特别是企业改制以后，贫富差距却越来越大，群众怨气也大了。部分群众住进了县城，眼光高了，心也收不回来，对党支部的要求更高了。现在自己还在，困难群众还有个依靠，万一自己不行了、不在了，怎么办？他愁得睡不着，也吃不香。他想，最重要的是培养出更多的不忘记老百姓的好带头人，再就是多找一些好产业，把家乡发展好，让山里人从根本上脱贫。

刘嘉坤的长远规划是发展山区旅游，但从现实需求着眼，他决定把第三次创业的突破口放在金银花上，因为这个产业能养活更多的人。这其实也是他酝酿已久的想法。

金银花，又名忍冬花，老百姓俗称其“花子”，明代李时珍写的《本草纲目》对其有详细记载。金银花具有清热解毒、疏风通络的功效，属药食同源的中药材，其花蕾可制成代用茶、食品及化妆品等，其植株具有防风固沙、保持水土、绿化荒山等作用。所以，金银花是集药用、食用与保护生态于一体的多功能植物，被国家中医药管理局定为35种“名贵中药材”之一。

平邑县是“中国金银花之乡”，成规模地种植金银花已有200多年的历史。金银花作为当地的支柱产业，如果发展得好，可以形成规模可观的产业链。从1990年起，刘嘉坤就开始和相关专家研究如何改良金银花的品种，想围绕金银花做文章。

2000年春，刘嘉坤倡导成立九间棚农业科技园，动员三个承包厂的负责人投资入股，结果却没有一人赞成。

刘嘉坤万般无奈，又回到村里动员，说九间棚农业科技园实行合伙制，旨在带领大家共同富裕。最后，有六名合伙人凑了十万元，在县城租用了九间棚花岗石厂两间门面房，挂牌成立了平邑县九间棚农业科技园有限公司。

当时，西部大开发和北京奥运会急需大量生态、绿化苗木，刘嘉坤抓住了这一大好商机，接连在北京和平邑创办了两处上千亩的农业科技园，种植良种苗木和金银花。苗壮销旺，九间棚收益不菲。

2. 兵分三路

功夫不负有心人，潜心致力于发展金银花产业的九间棚终于在 2003 年成功培育出了金银花新品种——“九丰一号”。2004 年，经中国医学科学院药用植物研究所、山东省药检所、山东农业大学等机构的权威专家鉴定，“九丰一号”达到了当时金银花育种研究的国际领先水平。

这种以大毛花为亲本，经秋水仙素处理、染色体加倍而形成的四倍体植物，具有多倍体植物器官巨型性特征，根系发达，二年生植株花枝比例占 91.7%，三年生植株花枝比例达 99%。中国科学院的徐常青博士说：“它的花蕾特别大，产量要比普通金银花高出一倍，主要药用成分木犀草苷和绿原酸的含量分别达到 0.16% 和 3.9%，远远超过了现行《中国药典》所规定的标准，达到了国际领先水平。”十多年的刻苦钻研、辛劳求索，都在这一刻得到了回报，刘嘉坤新事业的火种被点燃了。

刘嘉坤对做大做强金银花产业有了坚定的信心。他组织村“两委”开会研究，对农业科技园进行扩股，吸引了临沂市的一家私营企业投资150万元参股；再租地300多亩，对“九丰一号”金银花进行育苗培植，第二年就获得了100多万元的利润。金银花种苗逐渐被卖到全国各地，相继在全国十几个省区市得到推广。

在这个过程中，刘嘉坤为九间棚村重新调整了经济发展战略，他们兵分三路：一部分农民留在山上，发展林果业和旅游业；一路人马下山，开办金银花加工厂；一路人马立足本县、面向全国，创办高科技农业园区。这使以农业高科技为主体、以农副产品生产和加工营销为两翼的“飞鸟型”经济发展格局得以初步形成，亦使金银花产业成为九间棚村的一个支柱产业。

刘嘉坤画出了九间棚未来发展的宏伟蓝图：把九间棚建设成“美丽乡村”，把金银花产业做大做强！

3. 金银花产业脱贫之路

刘嘉坤是一个倔强的人，一旦认准了一件事，他就会全力以赴地去做。他第三次创业之所以成功，就是因为抓好了产业脱贫,形成了集金银花投资、优良品种培育、育苗推广、种植管理、加工提取、中医药生产销售与农业生态旅游于一体的综合性链条。

对于这一链条，刘嘉坤是缺什么补什么、什么弱就加强什么，当然，最重要的还是科技投资与科技创新。

九间棚金银花全产业链的最终发展目标是：在产业链上游，让全国金银花种植者都种上品种优良的金银花，以保护价收购九间棚推广种植的优良品种金银花所产的鲜花或干花，并将回收的干花作为九间棚企业金银花深加工的优质原料，带动百万农民发家致富；在产业链中游，让国内外的金银花需求者都买到最优质的金银花原料；在产业链下游，让全世界的金银花消费者都用上最安全有效的金银花产品。

从九间棚的实践我们可以看出，产业脱贫适用范围广、带动群众多、脱贫力度大，是一种非常有效的脱贫方式，但同时，发展产业脱贫只有全局统筹、精准运作，才能真正取得实效，才能走得稳、行得远。

抓好产业脱贫，要使资源衍生的新业态形成一个大产业链。打造特色种养业、农产品加工流通业、消费型商业、文化型旅游业等，促使第一、第二、第三产业融合发展。目前，九间棚的金银花综合性产业链以平邑县九间棚农业科技园有限公司为主体，涵盖了金银花育苗推广、种植生产、加工提取及中医药生产销售、农业生态旅游等板块。一条生机勃勃的金银花产业链活跃在祖国大地上。

抓好产业脱贫，要深挖地域特色，打造特色品牌，增强产业的吸引力；要因地制宜，将特色资源打造成特色产业，将“特色”转化为市场优势、经济优势；要以产业发展为杠杆，打造品质良好的口碑，促进农民增收，让越来越多的贫困群众享受到“产业红利”。

抓好产业脱贫，要以科技创新、科技投入引领产业链发展，增强产业的竞争力。九间棚村与中国科学院植物研究所、中国医学科学院药用植物研究所等科研单位签订长期技术合作协议，特聘著名医药与植物学专家韩兴国、蒋高明、徐常青、李卫东等为技术顾问，为金银花新品种的选育、GAP（良好农业规范）种植技术的研发提供技术支持。

抓好产业脱贫，要发挥基层党组织与龙头企业的作用，凝心聚力。“火车跑得快，全靠车头带”，我们很难想象，如果没有刘嘉坤等党员的带领，九间棚是否会有如今的发展势头。如果没能发挥好龙头企业、专业合作社和专业大户的引领带动作用，就不能进一步吸引贫困群众以土地、劳动力入股，构建多方共赢、分配合理的利益联结机制，延伸获利渠道。

抓好产业脱贫，要增强脱贫的内生动力。变“输血式”脱贫为“造血式”脱贫，变“开发式”脱贫为“参与式”脱贫，把所有的贫困群众都组织起来、动员起来，提高贫困群众的自主脱贫能力，促进贫困群众增收，继而实现稳定脱贫。

抓好产业脱贫，要坚持“绿水青山就是金山银山”的理念，结合地域优势，把树种上，把水留住，把路修通，把结构优化。栽培金银花不占耕地，能防止水土流失、保持生态平衡，产生良好的绿化效果，不仅惠及今人，亦可造福子孙。一直以来，九间棚村秉持着“保护生态就是保护生产力、改善生态就是发展生产力”的理念，把金银花产业和水土保持作为强村富民的“立村之本”。

九间棚借发展金银花产业来实现脱贫的策略是明智的，而今的九间棚村，已没有了穷人。九间棚人一直致力于发展生产、消除贫困，在历尽波折后，他们终于找到了一条富有自身发展特色的道路。

作为一名基层党组织中的干部，九间棚的领路人刘嘉坤在改造生存环境、进城办厂、发展金银花产业的三次创业中，在面对一个个困难、一道道关卡时，没有趴下，而是坚韧不拔地继续前行。跌倒了，站起来，能够走得更快、站得更高、行得更远。九间棚无论是最初喊响的“老三不”（不怕吃苦、不怕吃亏、不怕吃气），还是后来提出的“新三不”（不服输、不停步、不变色），都是中国共产党人改革创新精神的集中体现，也是沂蒙精神在不同阶段的具体表现。

在九间棚产业发展一度遇到困难的时候，刘嘉坤承受了很大的压力。有些人对他不理不睬，有些人甚至说：“你没那个本事，就不要干啦。”话打在脸上，生疼。这反而激起了刘嘉坤的倔脾气：“我只要活着，就要干！咱村的老百姓还指望着咱哩。”

九间棚群众在实践中认识了刘嘉坤不服输的性格，也认清了共产党员的本色，同时也深入理解了九间棚精神与沂蒙精神。

第六章

金银花协会与合作社

随着金银花事业的发展壮大，九间棚人的眼界更开阔了，他们开始关注全国金银花产业的健康发展。针对金银花产业发展遇到的障碍、金银花行业暴露的问题，刘嘉坤等人创办各级金银花协会，组建专业合作社，规范金银花市场，使脱贫落到了实处。

第一节　创办金银花协会

1. 农民刨树的无奈

刘嘉坤在聊天时告诉我，在第三次创业中，他操心的不再只是九间棚的产业，而是全国的金银花产业；他挂怀的不再只是一个村子的脱贫，而是全国农村的整体脱贫；他关注的不再只是生产经营，而是金银花合作社的管理与金银花市场的规范。

经过五年的不懈努力，九间棚金银花产业主要实现了三大突破：一是种植面积的扩大得到了国家林业局的肯定，二是科技的创新引领了中国金银花产业的发展，三是农村经济合作社的作用得到了较大程度的发挥。

金银花产业发展起来了，但问题暴露得更多了，市场也更乱了。

2003 年，由于抗菌消炎、抗痛疗毒效果甚佳，所以金银花成为抗击“非典”的首选中草药，原来每公斤只卖 50 元左右的金银花，价格曾暴涨到每公斤五六百元。金银花身价倍增，使农民们真正感受到了“金银花开金银来”，纷纷大力推广种植。但是，“非典”过后，金银花的收购价格又一落千丈，最低时连每公斤 30 元也卖不出去。

市场上金银花价格反复无常、大起大落，传统的价格规律完全被打破，优等级金银花所占比例下降，这使当时平邑县金银花产业品种老化、管理粗放、用途单一、市场混乱等诸多问题暴露了出来，整个金银花行业的发展存在着隐患。

金银花市场价格低迷时，没有避险能力的农民纷纷砍伐花树，这使金银花生产规模好几年也恢复不过来，九间棚的金银花加工企业也失去了大量货源。刘嘉坤见了，心中十分难受。

刘嘉坤走了许多村，劝农民千万不要砍树，说这个市场不行，就到那个市场去卖。有人说：“你说得好听，这金银花当柴火烧也不是好柴火，谁肯要呀。市场上人们的眼睛都盯着钱，再说老百姓在大山沟里，一家一户的，谁知道哪里贵哪里贱啊！

就是知道了，几十斤、几百斤干花也不值得开车去卖，还不够汽油费哩。”有一次，种植大户尹广才流着泪对刘嘉坤说：“过去还有公社收购站收购，可现在企业说不要就不要了。你是人大代表，得帮农民说句话啊！”

尹广才说的这些情况，刘嘉坤再清楚不过了。

一方面，政府这些年对龙头企业投资不少，可龙头企业和农民是两个利益主体，企业常常是货多压价，在没有利润时就退出去了。即便企业确实不守信用，势单力薄的农民也打不起官司，和企业谈判更没有话语权。

另一方面，这些年来，过去的县、乡农技体系大多已不起作用。当遇到产品积压的情况时，企业不肯收购；当需求旺盛时，市场上又会出现盲目种植、以次充好的现象。在很多地方，农村商品经营已成了“政府不管，市场不管”的空白地带。过去搞统购统销，但后来供销社、粮站、食品站、生产资料供应站几乎都垮了，不再有能力为农民服务。

以户为单位的农业经济如何与市场对接，是一个悬而未决的大难题。

2. “协会就是金银花的爹妈”

多年担任村党支部书记的经验让刘嘉坤明白一个简单而深刻的道理：农民的事情需要农民自己想办法来解决，农民们只有形成组织，才能成为市场的主人；如果农民自己不走合作的路子，“实现共同富裕”就只能是句空话。

在 2001 年至 2005 年间，刘嘉坤与其他热心人士发起并组织了平邑县、临沂市和全国三级金银花专业协会（委员会）。

2001 年 11 月，依托九间棚农业科技园有限公司，他们共同发起成立了平邑县金银花协会。协会成立之初便吸纳了 66 个会员，其中既有种植、营销大户，也有以种植金银花为主的乡（镇）、村集体。

为了扩大种植面积和经营规模，在更大范围内实现金银花种植与经营的专业合作，2005 年 3 月，刘嘉坤等人又发起成立了临沂市金银花协会。该协会吸纳了全市金银花产业方面的技术、经营和管理骨干，发展了 116 个会员，其中包括 4 个乡镇分会的 6 个集体会员。

2005 年 5 月 19 日，在中国科学院植物研究所和中国医学科学院药用植物研究所等单位及相关领导、专家、学者的支持下，刘嘉坤等人长期筹备的中国经济林协会金银花专业委员会正式成立。

当时的农业部、林业局领导在得知相关情况后，非常高兴，建议由刘嘉坤担任中国经济林协会金银花专业委员会理事长。刘嘉坤成了全国性专业协会的主要负责人，这是他沉默数年后的再次“亮相”。

金银花专业委员会的办公地点设在中国科学院植物研究所，蒋高明被推选为副理事长，中国科学院植物研究所所长韩兴国与我被聘为顾问。

“协会的一个重要职能就是服务”，中国经济林协会会长、原林业部副部长刘广运说，“金银花生态效益与经济效益俱佳，综合开发潜力巨大，中国经济林协会成立金银花专业委员会，是为了组织、协调、指导、推动金银花生产向专业化、规模化、产业化的方向发展。”刘广运认为，金银花专业委员会从选种、种植到加工、销售，从推广新品种、新工艺到产前、产中、产后全方位服务，从业务培训、总结交流经验到经济技术合作，从产品评比到信息服务，从组织展览展销到开拓国内外市场等方面都大有文章可做，所以要充分发挥金银花专业委员会的自身优势，切实搞好各项服务，使之真正起到促进金银花产业发展的作用。

这一全国性的金银花专业委员会不仅吸纳了国内的一些著名植物研究专家，还囊括了全国各地从事金银花种植、销售的人员代表。

到了 2013 年 8 月，山东省金银花行业协会在平邑县成立，这是山东省第二家驻会县区的省级行业协会。协会共登记山东省从事金银花行业的企事业单位、社会团体、民办非企业组织 138 个。

平邑县、临沂市、山东省和全国各级金银花专业协会（委员会）对推动金银花产业的规范、融合、长远发展起到了重要作用。

有了协会做后盾，农民们的金银花致富之路便畅通了。有一年，郑城镇五里庙村有 200 多亩金银花苗压在地里销售不出去，农民们急得要拔苗。后来找到协会，协会马上帮他们销售了出去。村里的韩勇书记说：“协会就是金银花的爹妈，是农民的靠山。”

第二节　农村合作组织的创新

1. 滕文生派来调研组

有了金银花新品种的成功培育，又有了刘嘉坤各级协会（委员会）会长或理事长身份的“加持”，九间棚的金银花迅速在全国成为一个响当当的品牌。短短几年时间内，重庆、湖北、广东、云南等 24 个省区市相继引种了“九丰一号”金银花，建立了金银花种植基地，栽种面积达 10 多万亩。

面对越来越强劲的金银花种植发展势头，刘嘉坤根据经验判断，后续发展如果走大规模征地建园的路子，不仅涉及政策、资金、手续等一系列事务，而且即便建成了，到了采花季节，雇人采收也是个大问题。“成立合作社，让花农变社员！”刘嘉坤成立合作社的想法，得到了时任全国人大常委会副委员长韩启德的肯定。

2009 年，经过精心筹划，九间棚金银花专业合作社在平邑县临涧镇巩家村宣告成立：农民变身合作社社员，自愿连片种植，建起“九丰一号”金银花生产基地，合作社统一对生产基地的金银花进行标准化育苗、栽培、管理、采收、烘干、销售。

这个合作社的特别之处在于实行二次返利，最大限度地让利于民。以 2011 年为例，每公斤鲜花的收购价为 20 元，合作社将鲜花烘干销售，只留利润的一成作为收益，然后又把每公斤鲜花多出来的 10 元利润全部返给了社员。算起来，社员每亩纯收入超过 10000 元，比原来种花生、地瓜的纯收入多出好几倍。二次返利让当地百姓对合作社产生了极大的信赖，后来该合作社“九丰一号”的种植面积激增到 6000 亩，其中有 3000 亩是周边村民自主入伙或者巩家村农户私下转包的。村民王代坤把 3 亩多岭地全种上了金银花，他说，之前没入合作社“亏死了”。

当时，我请来新华社记者董学清，将九间棚发展金银花产业的情况写成材料上报。中共中央文献研究室的滕文生看到了，认为“九间棚合作社组织农民发展金银花产业的路子、方向是对的，可以为其他地方提供借鉴”。2014 年 5 月 27 日，滕文生又派杨明伟等人到平邑县九间棚金银花专业合作社做调研工作。我领着调研组看了合作社金银花种植基地，并召开了座谈会议。会后，我们一起写了 9000 余字的“内参”，再次上报中央。

2.“三牵头”的优势

在刘嘉坤看来，农村合作经济组织是具有光明前途的新事业。近年来，他们虽然做了大量工作，但是离目标还差得很远。刘嘉坤最突出的感受就是办合作社、协会真难，因为法律上需要认可、政策上需要保护、资金上需要支持，光靠农民自己是办不成的。那时候，农村合作经济组织得不到认可，贷款也很不容易，相关部门的理由是：“你们合作组织是‘归大堆’、集体化，不符合贷款方向。”这就暴露出协会工作的最大阻碍——思想与认识问题。

我曾问过刘嘉坤如何看待这个问题。他说：“现在由农民自己组织起来的合作经济组织，与 20 世纪 50 年代的合作社是不同的。以前的合作社是生产资料‘归大堆’，生产计划、分配等都是书记、队长说了算。现在的合作社、协会是农民的新型合作组织，土地使用权还是农民自己的，产品也是农民自己的，只是经营方式进步了。”

我也问了金银花合作社、协会的一些成员和县、乡、村的一些干部、农户，他们普遍认为：现在的专业性农村合作经济组织，是农民在社会主义市场经济条件下自己建立起来的新型农民合作组织；农民加入合作经济组织，财产权益是不变的，农民在自己承包的土地上经营，劳动成果归自己所有；农民加入合作经济组织时保持着独立主体地位，合作组织有民主管理制度，入会自愿，退会自由，没有任何强迫性。

在谈到对加入合作社、协会有无担心或顾虑时，一位金银花种植大户对我说：“我们入会和退会都是自由的。协会给我们统一供苗、统一指导种植、统一联系销售，为我们承担了主要风险，我们种植户没有顾虑和担心。不加入协会的农户才担心呢！”

九间棚金银花合作社形成了三方面牵头的优势。平邑县金银花主产地的保太镇原党委书记张荣玉也说：“九间棚办的专业合作社、协会有企业牵头、名人牵头、农业科技推广牵头的优势，带动力很强。我们这里还有中药材协会等农民自己办的专业合作经济组织，农户们对协会都比较放心。”

第三节　为脱贫的质量而坚守

1. 市场乱象须整治

2011 年，我到北京工作，一年只回了三次济南，不过每次回来我都会到九间棚住几天。

一到九间棚，刘嘉坤就向我介绍他们最新的情况。他说，这两年他们最愁的是金银花市场太混乱，生产的速度快了，产品的质量却变差了。最开始是县里混乱，九间棚金银花的种植和产品数量有限，时常供不应求，收购商往往互相竞争，于是县里有人就将金银花的价格抬高，这最终导致收购商们干脆把山银花当作金银花来卖。长此以往，市场乱了，辛辛苦苦创出来的品牌倒了，金银花的价格也被压低了，最终吃亏的还是农民，他们又回到产品卖不掉、生活没着落的穷日子。

很快，这种乱象波及全国的金银花行业。一些人把山银花甚至槐花、胡萝卜丝、滑石粉等掺到正品金银花中售卖，有人还用硫黄熏制金银花。针对这些非法牟利行为，作为全国人大代表、中国经济林协会金银花专业委员会理事长的刘嘉坤曾在多个场合呼吁加强中药材市场的规范和管理，打击制假售假的行为。

在2011年全国“两会”上，刘嘉坤提交了《关于加强中药材监督管理，保障人民群众健康安全的建议》，引起了人们的关注。

刘嘉坤原是本着正本清源、维护金银花市场规范的初衷，履行作为全国人大代表的义务，但不料被别有用心之人利用，使他和九间棚反而成了被攻击的对象。自2013年6月15日起，部分媒体连续发布了一系列有关金银花与山银花之争的报道。这些报道将矛头直指刘嘉坤，用侮辱性的语言对刘嘉坤和中国经济林协会金银花专业委员会副秘书长、山东九间棚农业科技有限公司总经理廉士东等人进行人身攻击。

一时间，刘嘉坤与九间棚成为众矢之的，陷入舆论旋涡中。有人害怕了，不让刘嘉坤讲话。刘嘉坤说：“没办法，我这个会长当到这份上，不讲话不行了。食品药品安全不能保证，就不是真正的小康。”

其实，刘嘉坤在“两会”上提出建议后，也得到了许多其他企业界代表的响应，他们纷纷吐露心声：“企业自身打假太累了，打假需要各个部门的联动，建立联动机制是关键所在。”

当时有许多地方和企业都以山银花之实，挂金银花招商之名，这既不符合《中国药典》的规定，又误导了社会公众，给全国金银花产业的发展和中药材市场造成了混乱局面。金银花与山银花之争，表面看是利益之战，实质上却暴露了传统药材作物在市场转型时期面对更严格的科学标准时所出现的问题。

刘嘉坤为给金银花“正名”而冲锋陷阵，从维护国家形象、保护品牌的高度出发，切实维护消费者权益、净化市场，为贫困地区从根上脱贫保驾护航。

直面脱贫的速度与质量问题、行业的科学标准问题，是金银花市场改革与成长进程中必然要经历的阵痛，而刘嘉坤的探索也只是开了一个头。

2. 金银花协会的五件事

刘嘉坤是全国人大代表中农民方面的代表，他想在农村合作经济上做个表率，真正打造一个农村品牌，创建一个民族产业，带领广大农民脱贫致富，在解决“三农”问题上做出自己应有的贡献。

在他看来，农民要解决自己在市场经济中地位低和收入低的问题，改变自己的弱势地位，就要有经济组织，使自己成为市场经济的主人；党和国家在转变政府职能时要从实际出发，从组织创新方面着眼，从根本上调动农民的积极性。从大面上讲，就是要把农村社会主义市场经济体制完善起来。

几年来，九间棚村牵头成立的各级金银花协会，主要在引导、组织、经营、管理、服务五个方面做了以下几件事：

第一，与中国科学院植物研究所合作，在多年研究的基础上培育出“九丰一号”四倍体金银花新品种，推动我国金银花品种的更新换代。

针对金银花农家品种多、人工培育的优良品种少，且产量和科技含量低、生产不规范、质量差别较大、难以符合市场需求等问题，平邑县金银花协会依托九间棚农业科技园有限公司，在林业部等单位的支持下，投资数十万元，与中国科学院植物研究所的专家合作，采用多倍体育种技术，培育出金银花新品种“九丰一号”。

该品种根深、茎粗、叶厚、花大、产量高、品质好、抗虫性强，具有可观的使用价值和推广前景。

第二，利用协会的力量，打击欺诈行为，规范金银花市场。

就在金银花事业刚见起色的时候，市场上的一些不法商贩见有利可图，便开始用山银花假冒金银花。甚至有的企业也乘乱操作，以各种方式误导种植的农民。他们兜售的山银花苗药用成分含量很少，虽然产量高、采摘方便，但药用价值低、风险大，如果流入市场，将会严重影响金银花的声誉，最终减少农民的收益。

这股歪风刮得很猛，很快席卷湖南、湖北等四五个省，数千户农民买了山银花苗，有的甚至为此刨掉了刚刚栽植好的金银花苗。刘嘉坤等人依托中国经济林协会金银花专业委员会，建立了“中国金银花网”，以各种形式进行宣传。中国科学院和中国医学科学院的两位专家还联名写了《山银花不是金银花，农民种植要小心》的文章在各大媒体发表。数千户农民如梦初醒，纷纷退掉山银花，避免了更大的损失。

第三，以科技创新为先导，由协会牵头，引导、推动金银花品种的标准化种植和生产。

“九丰一号”四倍体金银花新品种研制成功后，九间棚农业科技园有限公司带头实施种植计划，开设园区，抓好典型示范，做技术推广，使“九丰一号”在国内新增加的金银花种植面积中迅速占据优势。协会以金银花育苗基地为依托，推进苗木繁育，扩大标准化种植规模；先后在河北、北京、重庆、陕西等地联合建立多个园区，培育出了药用的、可观赏的、抗旱的、耐寒的多个金银花品种。

第四，建立金银花科技培训中心，大力开展技术培训。

平邑县金银花协会联系了几十位专业技术人员，组成了技术后盾。为加大金银花科学技术教育培训力度，从2003年9月开始，协会相继投资200余万元，新建金银花科技培训中心，并建成了40亩名优品种示范园。培训中心采取“进门是课堂、出门是基地”“边学习、边实践”的培训方式，聘请中国科学院、中国农业科学院、山东农业大学的专家来授课。专家们围绕金银花的生产、加工、销售等方面的知识与技术，分期分批对协会会员进行培训，增强了培训的示范带动效果。

另外，协会还多次派技术员到田间地头对农民进行指导示范，提高了花农的科技意识和对金银花的科技管理水平。

随着协会影响力的扩大，陕西、四川、湖北等地的农民和企业也想成立金银花协会，并请刘嘉坤等人去做指导。平邑县金银花协会便组织专家到各地巡回指导，介绍金银花产业的经营和管理经验，进而吸引了更多的农民参加协会。

第五，加强产前、产中、产后系列服务，构建专业经济网络，使金银花产业形成凝聚力，并为协会发展提供持久的原动力。

近年来，各级金银花协会依托九间棚农业科技园有限公司，组织金银花育苗、加工、销售、技术培训和产业经营活动，不仅形成了产业链，而且形成了“公司＋协会＋农户”的新型合作方式，打造了统一育苗、统一管理、统一销售的经营模式。协会在金银花的产前、产中、产后系列服务方面，构建起了一户带十户、十户带一村、一村带一片的专业经济网络格局。这种专业合作方式和经营模式，有效提高了农民种植金银花的积极性。

平邑县金银花协会还借助临沂市“百万农户致富工程”，给农户做贴息贷款担保，让农户不动用现金就能种上优质高产的新品种。协会先后在郑城镇宁安庄、魏庄乡冯家围子等村与农户合作，建立联合育苗基地 10 处，面积达 1100 亩，年育苗量达一千万株。

平邑县柏林镇南孝义村的尹广才，即上文所说的那个求刘嘉坤替农民说句话的种植户，种了一亩二分地的“九丰一号”金银花，年收入 2.6 万多元。之后他还带起了 50 多家育苗户，到 2005 年，他们户均育苗量都在 10 万棵以上，还完扶持贷款后，每户当年还能有一万余元的纯收入。

第七章

金银花『为媒』『远嫁』甘肃

永不停步，是刘嘉坤等九间棚共产党员的坚强信念。过去，九间棚人在党领导的伟大脱贫事业中翻了身；如今，九间棚人又要响应党和国家的号召，帮助祖国西部地区的群众摆脱贫困。九间棚人掀开了脱贫攻坚事业的新一幕。

第一节　到“苦甲天下”的定西去

1.“金银花能帮你们”

在九间棚村的档案室中，我看到了一份署名张全有的《以金银花为媒学习弘扬九间棚精神助力脱贫攻坚——山东省平邑县九间棚村考察报告》。通过这份报告，我了解到了一段“九柱擎天”的九间棚和“苦甲天下”的定西联袂演绎出的佳话。

九间棚人打造了金银花全产业链经营模式，成立了九间棚集团，使当地的金银花逐步走向全国。于是，从2013年开始，全国各地有脱贫致富愿望的人一批一批到九间棚来考察，刘嘉坤他们也一趟一趟往全国边远贫困地区去推广。

2015年，甘肃省定西市派出考察团来九间棚取经，时任定西市委副秘书长的张全有就是考察团中的一员。

刘嘉坤问，定西条件咋样？

张全有说，苦甲天下。

刘嘉坤问，怎么个苦法？

张全有介绍道，左宗棠任陕甘总督时说“陇中苦瘠甲于天下”，联合国有关专家甚至曾说定西是“不适合人类居住的地方”。定西能苦到什么程度？有段子说：定西人全家只有一条裤子，兄弟姐妹轮流穿着出门。这个段子有些夸张，但父母的旧衣服裁裁剪剪后给孩子们穿，老大穿完老二穿，先当外套再当汗衫，这种情况在定西很常见。

刘嘉坤问，为什么苦？

张全有说，定西苦，主要缘于地理因素和自然灾害的影响。定西地处黄土高原，地貌复杂，沟壑纵横，加之土质疏松、植被稀少，常年干旱，即便有雨，雨水的冲刷反而会把山地侵蚀得更为破碎。再加上当地耕地极少，人们基本上是靠天吃饭。有民谣称：“西北穷，西北苦，到了西北看甘肃。定西山沟深三尺，十年九旱苦连天，土地贫瘠难生产！”“苦”成了定西的代名词。

听完张全有的讲述，刘嘉坤说："金银花能帮你们。"

接着，刘嘉坤就领着定西考察团到地里看金银花。

刘嘉坤用镢头刨开了金银花根部的土壤。金银花根系发达，主根粗壮，侧根、须根密布，再生能力强，能形成密集的根系网。在九间棚村，金银花的根系沿着山体岩缝往下扎，深度可达 3 米～4 米，向四周可伸展 6 米以上。庞大的根系在山岭坡地的土层中纵横交错，可起到固土、吸收水分养分、熟化土壤的作用。我国西部多沙性、半沙性土壤，且光照时间长、昼夜温差大，不仅适合既耐寒又耐旱、既喜通风又喜透光的金银花生长，而且有助于提高其产量与品质。另外，金银花采摘劳动强度不大，而定西市农村富余劳动力尤其是妇女、老人较多，这势必可以极大地降低用工和采收成本。考察团的人听了刘嘉坤的介绍，一个劲儿地说："好极了！"

九间棚是个老典型，定西人在此番来访之后，又有了新发现。苦干、实干出身的九间棚人，如今闯起市场来也毫不含糊，更重要的是他们都有一颗善心。

山东之行，让张全有收获颇丰，回去后，他写下了这份考察报告。他表示，"定西绝大多数贫困农村的自然条件要比当年的九间棚村好得多，如果都像九间棚那样干，脱贫攻坚的任务一定能如期完成"，"九间棚精神是在逐渐丰富发展的，已从原来的苦干，发展到现在适应市场经济，科学发展，利用市场规律达到为人民服务的目的，这也是我们要学习的”。

2. 永不服输，永不停步，永不变色

张全有提到的“九间棚精神是在逐渐丰富发展的”，也正是刘嘉坤一直在思考、探索的。

2013 年 11 月 25 日，习近平总书记到沂蒙老区参观沂蒙精神展，在会见刘嘉坤等沂蒙老区代表人物时，他深情地说，沂蒙精神与延安精神、井冈山精神、西柏坡精神一样，是党和国家的宝贵精神财富，要不断结合新的时代条件发扬光大。

由中共中央总书记如此明确地将沂蒙精神与延安精神、井冈山精神、西柏坡精神这三大经典红色精神相提并论，“一锤定音”，在中共党史上还是第一次。那一天，刘嘉坤和总书记靠得最近，听得最真切。刘嘉坤想，这一下，沂蒙精神就不仅仅属于临沂，而且属于全中国；不仅仅代表过去，而且还要面向未来了。总书记对沂蒙山区脱贫的关心、对沂蒙精神发扬光大的重视，无疑都是对贫困山区与革命老区的莫大鼓舞。我们沂蒙山人要坚定地按照总书记指引的方向朝前走。于是，他在日记本上写下了十二个字：“永不服输，永不停步，永不变色。”

刘嘉坤想，九间棚精神是沂蒙精神的重要组成部分。九间

棚精神是实实在在干出来的，弘扬九间棚精神，既要保持其典型本色，又要在实践中不断丰富其内涵，做到与时俱进。那么，九间棚精神、沂蒙精神的新时代背景是什么？如何在新时代条件下将其发扬光大？刘嘉坤的回答是：永不服输，永不停步，永不变色。这是刘嘉坤的“三不怕”精神在新历史时期的新发扬、新升华。

2015 年 11 月，中央扶贫开发工作会议在北京召开。中共中央总书记习近平强调，消除贫困、改善民生、逐步实现共同富裕，是社会主义的本质要求，是我们党的重要使命。紧接着，《中共中央国务院关于打赢脱贫攻坚战的决定》发布，一场轰轰烈烈的脱贫攻坚战也由此拉开大幕。

以前，九间棚人通过自力更生、艰苦奋斗，一步步摆脱了贫穷的阴影。如今，九间棚人又开始依托金银花产业投身于新时代脱贫攻坚的大潮中，为我国偏远地区乡村的发展身体力行、奔走呼号，书写新时代乡村振兴的华丽篇章了。刘嘉坤为人民谋福利的目标，由一个村延伸到祖国西部，到整个国家。

第二节　全军覆没的风险

1.“拿不出苗子，我拿命顶”

九间棚在脱贫攻坚的浪潮中快速向甘肃等西北地区扩张，也蹚出了一条属于自己的产业扶贫之路。这是一个永不停步也永不服输的过程。正是一次次“输”、一次次“不服输”，造就了九间棚人不负众望的成功。

九间棚在甘肃发展金银花产业，起初并不顺利。虽然小面积种植的效果还不错，但大面积推广种植时，裸根苗的成活率不到30%。

2016年秋，定西市通渭县决定大面积发展金银花产业，派40个人到九间棚参观，双方签订了战略合作协议。

按照协议，九间棚集团需要在2017年4月下旬至5月上旬向通渭县提供2000万株金银花苗。这对于九间棚而言，是一次重要的机遇，更是一次严峻的挑战。

当时的状况是，九间棚集团并无多少金银花苗，再加上之前经历了栽种裸根苗的惨败，九间棚亟须大力培育营养钵苗。九间棚集团既需要建设大棚，加强整个冬季的人工管理，以应对即将到来的严寒气候，又需要采购枝条和营养土等，可以说是如牛负重，困难重重。

双方约定发苗的时间逐渐临近，但九间棚冬季培育的苗木数量还有几百万株的缺口。供苗数量没有达到，但对方种植金银花的土地已经预留出来。怎么办？关键时刻，一向重诺的刘嘉坤表了态：苗木一定供够，拿不出苗子，我拿命顶！

2. 让弟弟与儿子来试验

几百万株幼苗的缺口不是一个小数字。当时，集团内部大多数人的意见是停止育苗，不够就算了，因为风险太大。

他们的顾虑不是没有道理。按照以往的经验，那时着手育苗，在时间上已经太晚，资金供应等各个环节也都无法及时落实。但刘嘉坤还是信守了承诺。

当时，培育数量如此庞大的苗木需要300亩～400亩土地，九间棚没有这么多的土地和塑料大棚，而重新租赁土地和建设大棚又会有巨大风险。这一棘手的问题该如何解决呢？

关键时刻，刘嘉坤让自己的家人挑起了重担。他让弟弟刘嘉太从北京回来，承包原来金银花育苗户的育苗基地，加紧繁育金银花苗。他自己又从临沂市兰山区包了100多亩荒地，建起育苗基地，让儿子刘丞铭负责管理。刘丞铭自己垫资几十万元，建设了育苗所需的52个大棚。寒冬腊月里，九间棚人就是这样踏上了艰难的育苗征程。2017年4月，他们终于凑足了欠下的几百万株苗木。

万万没有料到的是，5月过后，对方表示不再需要这批苗木了。原来，当地有个传统习惯，立夏之后就不再种苗。九间棚人感到很无奈，只能重新为这第二批幼苗寻找买家。

那一年，对于九间棚的营养钵苗培育来说，是多舛的一年，而之前承包育苗基地并付出了大量心血的刘嘉太，不仅赔得一塌糊涂，而且身体也因之抱恙，住院了三次。

幸亏这时候，金银花在甘肃省临夏回族自治州的局面被打开，九间棚人才挽回了一些损失。

第三节　深度贫困区的历史巨变

1. 金银花绿了通渭富了农民

通渭，是九间棚金银花产业带动脱贫的一面镜子。

通渭地处甘肃黄土高原腹地，曾因长期贫困落后而被列入六盘山区集中连片特困地区和省定深度贫困县。

在开辟产业扶贫新路径的过程中，通渭县曾先后四次组织考察团赴山东九间棚公司考察学习，与金银花全产业链企业九间棚集团互访考察、对接洽谈，确定金银花新品种试验示范和推广计划。

2013年，他们首次引进九间棚的27万株金银花，在通渭县的陇川镇新堡村、马营镇华川村等区域试验种植220亩。结果证明，金银花具有很强的抗寒耐旱能力，病虫害少、成活率高，能较好地适应通渭的气候、土壤条件。

2016年，通过对不同海拔区域试种的金银花的产量、品质、效益等进行综合评估，他们发现通渭所产金银花的绿原酸、木犀草苷含量高出国家《药典》规定标准的一两倍，亩均收益也可达到3000元以上，具有极高的药用价值和广阔的市场前景。从2017年开始，当地政府便把金银花由试验田种植发展至大田种植。

九间棚不仅为通渭提供金银花良种，而且提供现代管理经验。九间棚成立甘肃九间棚农业科技有限公司，建设与种植面积相配套的金银花初加工厂，进行生产技术指导和产品回收，为种植户提供了优质的产前、产中和产后服务。

有了好政策的支持、鼓舞与保障，短短三年间，通渭的金银花如雨后春笋，由试验田走向规模田，种植面积呈几何级数增长。据统计，截至2020年6月，全县金银花种植面积已达10万亩，参与种植金银花的农户达4.06万户，覆盖贫困户1.93万户，户均种植3亩以上，种植户年增收1.5万元以上。金银花产业日益成为当地农民脱贫致富的得力助手。

通渭县创造出了从无到有、从小到大、从大到精的金银花发展奇迹，成为西北地区最大的金银花种苗研发培育基地、最大的金银花标准化种植基地、最大的优质金银花产品生产和销售基地，并成为甘肃省脱贫的一个典范。

当地农民纷纷说："以前天天在地里辛苦，一年收入不到5000元。现在种金银花，活儿不重，一个人就能干好，也不担心卖不出去。""自从种了金银花，家里不愁没钱花。"

在采摘季，通渭县的金银花叶芽吐翠、花香四溢，不仅直接带动农户增收，也给昔日荒瘠的大山涂抹上了层层靓丽的绿色，真可谓"绿了大山富了农"。

2. 总书记的嘱托在布楞沟实现了

在东乡语中，布楞沟是"悬崖边"的意思，这个村名折射出了当地自然环境的恶劣和群众生活的艰难。在甘肃省临夏回族自治州东乡族自治县，布楞沟村一度是全县生态最脆弱、基础条件最差、群众最贫困的村，是甘肃省脱贫攻坚工作中"最难啃的硬骨头"。

2013年2月3日，习近平总书记来到布楞沟村，入户走访、嘘寒问暖，叮嘱大家"要把水引来，把路修通，把新农村建设好"。总书记的嘱托极大地鼓舞了当地的干部群众，也激发和坚定了他们建设美好家园的信心和决心。很快，水引来了，路修通了，新农村建起来了。但是，老百姓的“钱袋子”还没有鼓起来——没有产业，怎么能致富？

刘嘉坤了解清楚情况后，说：“去布楞沟！我们一定要帮助乡亲们脱贫！”九间棚甘肃分公司的人很快带着金银花来到了布楞沟村。

九间棚的金银花为布楞沟带来了什么变化？我们可以从2020年7月9日《甘肃日报》上的报道《产业花开布楞沟》中一窥究竟：

……6月19日，在布楞沟村委会二楼，一片欢声笑语。十几位妇女拎着篮子、布袋，里面装着刚采摘的金银花，来这里交售。经验货、定级、上秤，当场就能拿到现金。

“马路叶，7.2公斤，172元！”

“马飞叶，4.1公斤，98.4元！”

“……”

甘肃九间棚刘家峡农业科技公司在村委会设立了交售点，村文书黎晓月主动帮忙计账、核算、付钱。“今天下午共有16位妇女交售金银花，共收集90.5斤，兑付村民现金2172元。”

村民马有努将手里的钞票数得唰唰作响：“我和婆婆摘得

最多啊，挣了 295 块！”她兴奋地给同伴们说，难掩喜悦之情。

这些日子，布楞沟村的 1500 亩金银花正是打苞结蕾的时候。退耕还林坡地里，套种的一片片金银花枝蔓舒展、花蕾繁盛、清香怡人。

几位妇女蹲在地里摘花。“这活儿不需要花太大力气。我们趁着日头还没升高，凉快些，多摘点。”马克里麦手指上下翻飞，动作麻利而熟练。“瞧！这种没有开的黄白色花，品级高，1 斤 12 元；开了的花收购价就减半了。”她拭着额头上闪亮的汗珠说。

初开如银，久则如金。“金银花，是我们致富的金花银花！”马飞叶说，她家 2018 年种了 3 亩金银花，“没咋管，没想到今年长成了。明年要多操些心，锄草、剪枝，1 亩地至少能摘 100 斤，按 1 斤平均 10 元算，也收入 1000 元哩。”

…………

九间棚人带着金银花产业，在布楞沟村发挥出开路先锋、示范引领、攻坚克难的作用，使习近平总书记的殷殷嘱托变为现实。

九间棚与相关地方政府通力合作，在决胜全面建成小康社会、决战脱贫攻坚的道路上，走出了一条独具特色的产业扶贫路。

九间棚产业扶贫模式的独特性，在于这是一种具备全产业链的产业扶贫模式。九间棚集团发展金银花种植，不仅输出种苗、输出技术，还输出模式——从开始种植，到技术推广，再到产品收购，都有一整套解决方案。

深入了解九间棚金银花的“西行”事迹后，《大众日报》曾刊发报道《金银花“为媒”，九间棚精神“远嫁”》：

“陪嫁”出去的，有土生土长的九间棚人，也有来自四面八方的新九间棚人；有风华正茂的壮小伙，也有年逾古稀的老党员。现在，不仅是在甘肃，在新疆、云南等众多贫困地区的脱贫攻坚过程中，也不时闪现着来自九间棚的金银花的影子。

对于奔波各地的外派人员，刘嘉坤的要求是“不能忘记自己是九间棚人，不能忘记九间棚精神”；是党员的还要再加上一条，“不能忘记自己是一名共产党员”。

在九间棚的金银花不断走向全国的过程中，九间棚精神也以金银花“为媒”，开始在全国各地播撒种子。

从 2013 年起，刘嘉坤每年有近三分之二的时间在外调研、考察项目，为金银花产业的发展奔走忙碌。当年作为“九根擎天柱”的九间棚党员们，除了因劳累过度患病去世的及年老体弱的，其余的都跟着刘嘉坤投入到伟大的脱贫运动中，已经年近八旬的老党员廉茂增，也一直奋战在金银花种植一线。

2018 年 4 月 15 日，定西市委副书记、市长戴超带领党政考察团来到九间棚，他握着刘嘉坤的手说：“感谢你呀，老刘，你的金银花是我们西部地区贫困农民脱贫致富的好项目。你真是沂蒙精神的代表！”

第八章

精准扶贫在新疆

2013 年 11 月，习近平总书记在接见刘嘉坤等沂蒙老区代表人物时说，对沂蒙精神要不断结合新的时代条件发扬光大。两个月后，刘嘉坤前往喀什。九间棚人借助金银花产业链，让新疆贫困地区群众从根本上脱贫，进而维护当地社会的长治久安。九间棚人在新疆的精准扶贫举措，使沂蒙精神又有了新的发展。

第一节 把金银花的根扎到喀什

1. 到“三区三州”去

2017年，国务院扶贫办的一个调查组从北京出发，到甘肃、新疆等地进行调查研究。就餐时，刘嘉坤被安排在主宾席上，副宾是国务院扶贫办的任铁民司长与鲁光军副处长。任司长连声说：“我们的组长是刘书记。”刘嘉坤死活不肯坐主位，说：“俺是村书记，轮不到俺坐上席。”可任司长说：“您这个组长可是扶贫办领导‘封’的！”

国务院扶贫办的很多人都很熟悉刘嘉坤。一次，国务院扶贫办开座谈会，刘嘉坤在发言中谈到他在各地看到的贫困情况。四川的阿坝、甘孜，甘肃的甘南、临夏，青海的海北、海南、海西，云南的迪庆、大理，新疆的和田、喀什、阿克苏以及西藏的相关地市，他都去过。这些地方，要么山高路险，要么地荒土瘠，路、水、电、网络等基础设施落后，群众的生活还相当贫苦。

会场上，国务院扶贫办副主任欧青平一直盯着刘嘉坤看。散会后，欧青平站起来握着刘嘉坤的手说："日后你只要到北京来，就来找我。我要听听你的意见。"

刘嘉坤说："领导那么忙，我不能打扰您。"

欧青平说："你从'三区三州'一线来，能讲实话。无论你什么时候来，我都欢迎。"

这时候，刘嘉坤才知道有个"三区三州"。国务院扶贫办的工作人员对他说："刘书记呀，您去的地方是中国最穷的地方，是习近平总书记最关心、最挂念的地方。"

据统计，"三区三州"的贫困人口数量占全国贫困人口总量的8.2%，贫困发生率约为16.69%，相当于全国平均水平的3.7倍，是全国典型的深度贫困地区。"三区三州"深度贫困地区脱贫攻坚战胜利与否，关乎全国脱贫攻坚目标能否实现，意义重大且任务艰巨。

其中，新疆是国家确定的集中连片特困地区，特别是南疆四地州，其贫困人口几乎占了“三区三州”总人口的一半。其中，喀什、和田地区贫困人口最多，而且自然条件差、基础设施薄弱，所以一直是我国脱贫攻坚的难中之难。

刘嘉坤曾向欧青平介绍，种植金银花有助于新疆扶贫工作的推进：和我国甘肃地区一样，南疆地区光照时间长，昼夜温差大，土壤属沙性、半沙性，正适合种植耐寒耐旱、喜风喜光的金银花；另外，南疆地区农村的富余劳动力多，妇女老人多，而金银花的采摘又不需高强度劳动，故而在此地种植能极大降低用工和采收成本；特别值得一提的是，金银花根系发达且再生能力强、生态效益好。欧青平听了，连声说：“好极了，种金银花对新疆固沙好。”

2. 在总书记接见后扎根新疆六年

其实，早在2014年初，刘嘉坤就带着金银花去了新疆。

2013年11月25日，习近平总书记在接见刘嘉坤等沂蒙老区代表人物时说，对沂蒙精神，“要不断结合新的时代条件发扬光大”。两个月后，刘嘉坤前往新疆喀什。

那几年，刘嘉坤去了新疆三十多次。2014年，他带着九间棚集团副总经理马九林到新疆考察，并把马九林留在南疆搞

2015年，九间棚新疆分公司总经理马九林（右）在新疆和田地区的金银花地里为农民培训。

试验示范种植，铁了心要在新疆发展金银花产业，助力当地脱贫。2015年7月，刘嘉坤带着年轻党员庄洪兵，拉着一车行李，昼夜兼程，赶到喀什。紧接着，他们马不停蹄地在喀什成立新疆九间棚农业科技有限公司，马九林是第一任总经理，庄洪兵是副总经理。公司本着“让政府放心、让农户受益、让公司发展”的原则，结合国家精准扶贫政策，通过发展金银花“种植—回收—初、深加工”和塔克拉玛干荒漠化治理的全产业项目，带动广大种植户脱贫致富。

从九间棚到环境陌生、情况复杂的新疆去开拓金银花产业，这要吃多大苦、受多大难！想到这儿，我觉得自己就是再忙，也要去新疆看一看，看一看九间棚人在新疆干得怎么样，看一看他们遇到了什么困难，看一看他们是否不负总书记的嘱托。

我先在网上搜索相关资讯，看到的是铺天盖地的关于九间棚金银花的报道。关于九间棚重点扶持的岳普湖县，天山网2019年8月5日刊发报道《岳普湖县广种金银花致富又治沙》；与岳普湖县相邻的麦盖提县是九间棚在当地的另一个重点扶持县，2019年7月1日，天山网刊发报道《麦盖提县：金银花成为农民增收致富路上的幸福花》……这些报道，都体现出九间棚的金银花产业为新疆贫困地区带来的福祉，其内容多采自老百姓的现场口述，可信度高。我看到它们，就有如目睹生机勃勃的金银花盛开在祖国广袤的边疆大地上，满心欢喜。

2019年10月19日至28日，我终于有机会前往地处塔克拉玛干沙漠边缘的岳普湖县、麦盖提县，调查九间棚村支援新疆脱贫攻坚的事情。

在去新疆途中，我总在思考：总书记最关心新疆什么？新疆需要我们帮助解决什么难题？

就历史背景来说，习近平总书记十分关心沂蒙精神。地处沂蒙老区的九间棚，是沂蒙精神的重要践行者。恰巧，九间棚村已援疆六年，把金银花产业扶贫工作做到了南疆那些受分裂主义影响的村庄，使沂蒙精神在当今新的时代条件下、在新疆这个特殊的地方“发扬光大”。

就当前的时代主题来说，2020年是全面建成小康社会的收官之年。习近平总书记强调，脱贫攻坚要把工作往深里做、往实里做，保障贫困群众真脱贫、稳脱贫。九间棚村是20世纪80年代沂蒙山区率先脱贫致富的一面红旗，他们在帮扶新疆的脱贫攻坚战中，利用金银花产业精准扶贫——先脱贫的帮助后脱贫的，这样更有说服力。

第二节　扶贫在根　维稳在心

1. 铺天盖地的金银花

我到岳普湖县的当天,正好有一车金银花苗从山东运送来,村里的老百姓都来拉苗子。我在现场一家一家地看，与老乡聊天，转了三个村庄，见群众的情绪都很好。

岳普湖县是深度贫困县，自然环境脆弱、基础设施薄弱、产业发展滞后，总人口 17 万余，其中农业人口 13.6 万。截至 2014 年，全县共有 68 个贫困村（其中深度贫困村 49 个），贫困人口超过五万，贫困发生率为 31.29%。稳定脱贫的关键在于发展产业，可贫困户既没钱又没技术，如何发展产业？

为推进特色产业发展、调整优化产业结构、促进农民增收致富，岳普湖县开始推广金银花种植。由于当地村民没有种过金银花，缺乏种植技术和管理能力，也不了解种植金银花的收益情况，所以起初态度并不积极。针对这一情况，岳普湖县各乡镇和驻村工作队干部多次深入村民家中做宣传，向村民讲解种植金银花的好处，引导、鼓励村民参与金银花的种植。

新疆九间棚农业科技有限公司金银花种植管理技术团队深入田间地头，在选地、犁地、整地、种苗移栽等方面指导村民。公司总经理庄洪兵说，金银花的苗子是用恒温车从山东拉过来的，3 月开始种植，最早的一批当年 5 月即可开花、采摘。金银花种植管理相对粗放，而且一次种植可带来三四十年的持续收益，最高时亩收益可达 1 万元。

当地农民们说，政府免费发放金银花苗和生产资料，山东来的技术人员经常来地里进行技术指导，九间棚公司还在县里的帮助下建起金银花加工厂，使他们不用担心销路。在九间棚金银花产业的带动下，岳普湖县走上了一条特色产业发展之路。

我问庄洪兵与当地农民处得怎样，他说："很好呀，公司帮助他们脱贫了，他们都感谢我们。"

如今，每逢采摘时节，新疆岳普湖县漫山遍野的金银花散发出浓郁的花香，当地群众交口称赞金银花为致富花，让他们再也不愁没钱花。

2. 技术指导员亚森·克来木

我们在麦盖提县昂格特勒克乡托万昂格特勒克村的地头见到了亚森·克来木。《新疆日报》2018 年 11 月 14 日的报道《新疆麦盖提：金银花带来真金白银》中提到过亚森·克来木，当时他对记者说：“我家有一亩地的金银花，去年收入 2500 多元，今年一下子涨到 3500 元。明年我想扩大到 10 亩，九间棚公司专门有人来收购，鲜花每公斤 20 元，干花每公斤 100 元。我脱贫的信心更足了。”

在金银花地里，我与亚森·克来木谈了一个多小时。我问他怕不怕干旱，亚森·克来木说：“涝死庄稼旱死瓜，不会影响金银花。金银花根系发达，耐旱性强，维持体内水分平衡的能力也强。”我们又聊起一些种植技术问题。说起整形，亚森·克来木说金银花如果长得太茂密了，通风透光不良，叶子就容易发黄脱落，结花数量也会减少。整形即通过修剪枝条，使花墩保持良好的形态结构和合理的枝叶分布，使其通风透光；修剪方法则主要有短截、疏枝、缩剪、摘心、抹芽等。显然，这个小伙子很聪明，技术活儿难不倒他。

亚森·克来木所在的村子是“深度贫困村”，在说起刘嘉坤对他们的帮助时，亚森·克来木不禁眼含热泪。他原本在外地打工，后遭遇家庭变故，只好回到家乡。九间棚新疆分公司收购金银花时，需雇佣十余名贫困村民参与鲜花收购、干花包装等工作，亚森·克来木会汉语，人也勤快，便被公司聘用了。刘嘉坤对总经理庄洪兵说：“九间棚是在党的领导下率先脱贫的，我们现在应该为党分忧。民族分裂势力让有些少数民族兄弟家贫穷了，我们得有本事让他们富裕起来，让他们觉得跟着共产党干有希望！”

要种植好金银花，得能吃苦。亚森·克来木很争气，而且他在与九间棚人接触时，也被刘嘉坤他们的吃苦精神打动。在侍弄金银花时，亚森·克来木跟刘嘉坤一起蹲着、跪着，学得很用心，种下的花苗成活率高达 98%，他也因此被公司聘为金银花种植技术指导员，负责上门或到田间地头辅导其他村民。

据统计，2018 年，麦盖提县采摘了四万公斤的金银花，总收入达 70 余万元，种植金银花的农户人均增收 800 元～ 1000 元，村上的 113 个贫困户一下子都脱了贫。增收是最好的动员，看到种植金银花的人挣了钱，村上其他 200 余户村民也踊跃报名。在山东省日照市援疆指挥部“县村结对”帮扶资金的大力支持下，麦盖提县新种金银花 360 亩，使当地金银花的种植规模达到了 660 亩。

我们在金银花地头见到吉米伊·古丽等少数民族姑娘，开始她们都很紧张，也不说什么，可一拉起金银花，话就来了。她们说："跟糊涂人吃抓饭，不如跟聪明人背石头。""种植金银花让我们真正得到了实惠。"

3. 扶贫扶在根上，维稳维在心里

在新疆，绷得最紧的弦就是稳定，全国人民最关心的也是这个。到新疆来，不抓稳定，就等于没来。

我们找到山东省援疆指挥部总指挥杨国强，认识了山东省援疆指挥部党委委员、财务民生组组长韩己峰与山东援疆工作指挥部计划产业组副组长明文安，他们很热情地向我们介绍了九间棚援助南疆的情况，我们又通过他们找到了日照市援疆指挥部。日照日报社的徐腾在麦盖提县当县委宣传部副部长，对我们比较了解，便与农业局副局长李志强带领我们到村子里去走访，我们由此了解到了九间棚的金银花产业帮助困难家庭脱贫的情况。

我们来到麦盖提县昂格特勒克乡托万昂格特勒克村的困难家庭再衣娜著·艾买提家，她家已成了种植金银花的示范户，她的精神面貌也焕然一新。

再衣娜著家的新房正在装修，她的生活也很安定。她说，新疆维吾尔自治区工信厅与麦盖提县水利局驻村工作队、九间棚公司都与她家结了“亲家”，帮她家脱了贫，她真心感谢共产党。

在南疆，再衣娜著家只是种植金银花的几百户家庭中的一户。只要让人民真正富裕起来，就可促进新疆地区的长治久安。现在，九间棚人在新疆发展金银花产业，可谓是“扶贫扶在根上，维稳维在心里”。

所谓“扶贫扶在根上”，是指借助金银花产业链，让群众从根本上脱贫。多年以来，九间棚致力于打造金银花全产业链，用特色产业促脱贫，共同走出致富路。在新疆，九间棚人把金银花种到了贫困户的责任田里，又将贫困户收获的金银花回收到九间棚集团，加工生产出金银花茶以及相关药品、生活用品等。现在，这里已经基本实现了种苗供应、田间管理、收购、销售的一条龙服务。

而“维稳维在心里”，则指九间棚人联合驻村干部、援疆干部，致力于维护当地社会的长治久安。目前，他们已初步收到脱贫、维稳的双重成效。三年来，种植金银花的村庄没有发生过一起民族分裂主义或宗教极端主义引发的案件。

九间棚人用以援疆的金银花产业，及其“扶贫扶在根上，维稳维在心里”的一系列举动，在南疆产生了良好反响。新疆维吾尔自治区党委副书记李鹏新到岳普湖县考察时，握着刘嘉坤的手说：“刘书记呀，你们不仅帮这里脱贫致富，还为民族团结与边疆稳定做出了贡献。”维吾尔族农民如孜·库德热奇竖起大拇指高声喊：“共产党好！”

麦盖提县昂格特勒克乡托万昂格特勒克村的金银花，犹如“星星之火”，很快便在南疆引发燎原之势。如今，南疆各县的人纷纷来托万昂格特勒克村参观学习，将金银花的种植推广到了南疆四地州的400多个村庄。

“扶贫扶在根上，维稳维在心里”是九间棚人在新疆脱贫攻坚战中收获的最新经验，也是全面建成小康社会的宝贵经验。

第三节　精准扶贫铺就致富路

1.“北花一号”横空出世

金银花是一种生命期长达30多年的药食同源植物，耐旱，生命力旺盛，可与枣树间种以提高土地利用率，尤其适合在南疆种植。在其盛花期，村民每亩收入可达5000元以上，是种植棉花可得收入的四倍。

然而，九间棚金银花在南疆的推广却经历了不少曲折，不仅当地有些领导在最初持反对态度，而且个别农民也曾做出过刨掉金银花的举动。

刘嘉坤认为，人家反对还是有道理的："我们是来帮助人家的，但在最初扶贫时也有做得不精准的地方。人家有什么难处，我们应尽可能为其排解，直到人家满意为止。"

起初，最让人头疼的就是金银花品种的落后。传统品种的金银花，往往上午是大白期，下午就开花，让人措手不及，一旦延迟，采摘下来的花药用价值就降低了，所以经常看似丰收却不丰产。即便是金银花主产区的采摘能手，每人每天也仅能采摘鲜花十公斤左右，而在盛花期，金银花密植园每天每亩就需四五个人采摘。高昂的人工采摘费用成为影响金银花收益的最大因素，而采花难题也成了制约金银花大面积种植的最大障碍。

出于"精准扶贫"的考虑，刘嘉坤认为："既然传统品种的金银花不适合在新疆种植，那我们就要搞品种更新，搞出花蕾期长、好采摘的品种。"

历经数年，刘嘉坤几乎走遍全国，反复试验比对，最终从当地传统品种金银花——大毛花的自然变异品种中筛选出了一个北方正品金银花的优良品种。2015 年 10 月 5 日，山东省金银花协会在平邑县召开新闻发布会，"北花一号"金银花优良品种正式亮相。"北花一号"金银花的优势十分显著：花蕾期超长，采摘方便；花蕾大，产量高；抗逆性佳，直立性好，适应性强；道地优质，有效成分含量高。

“北花一号”实现了中国金银花品种的“换代升级”，掀起了金银花产业发展史上的一次重大革命。很快，“北花一号”金银花取代了传统金银花老品种，成为甘肃定西、新疆喀什、云南大理等地区金银花产业的主力品种。就像袁隆平在水稻领域不断以技术的更新推进杂交水稻品种的培育一样，九间棚人在金银花领域也不断实现着品种培育的一次次突破。

从“九丰一号”到“北花一号”，不断更新换代的金银花品种为九间棚打开了越来越广阔的空间，也在我国金银花产业的发展史上留下了浓墨重彩的一笔。

2. 营养钵育苗的创新

九间棚金银花在新疆的推广种植还曾有过另一番波折。

金银花种苗的培育，主要有裸根苗和营养钵苗两种。裸根苗是根系裸露在外、没有泥土附着的苗木。它重量轻，起苗易，栽工省，成本低，包装、运输与储藏等都比较方便。营养钵苗是被移栽到花钵中培育的幼苗，具有长势好、移栽不伤根、不受移栽时间限制等优点，缺点是成本较高。

过去，九间棚采用的都是裸根苗的育苗方式，苗木在被移植到新环境后，必须经过一个缓苗期，才能正常地吸收水分和养分、适应新环境。如果无法适应新环境，苗木的成活率就会大打折扣。九间棚人没有想到，恰恰就是育苗这一基础环节，让他们在新疆栽了个大跟头。

2015 年 5 月，九间棚需运输 5 万株金银花幼苗至喀什。由于路途遥远，运输的又是裸根苗，为了保鲜，九间棚集团特地选用了成本更高的空运。可万万没有想到的是，当地恶劣的自然环境让他们白费了苦心。由于喀什地处亚欧大陆腹地，干旱少雨，蒸发旺盛，土壤的盐碱化程度十分严重，再加上错过了最佳种植期，这批幼苗在当地栽种后，成活率几乎为零。

这次“走麦城”对九间棚集团而言，打击不可谓不大——经济损失尚是小事，更重要的是打击了九间棚人在新疆进一步发展的信心。在新疆这种气候干旱、土壤盐碱化严重的地区，对苗木来说，成活确实是第一关。

九间棚人痛定思痛，决定从失败中吸取教训。于是，围绕着育什么样的苗木，九间棚集团开了三次会议进行讨论。会上，人们普遍认为培育营养钵苗成本太高，而他们又没有成熟的栽培经验，所以在新疆栽种营养钵苗风险太大，一旦失败，一辈子可能都起不了身。听了这些，经理层的多数人犹豫起来。

这时，九间棚新疆分公司总经理马九林要苗 90 万株，要得很急，可是九间棚集团一时凑不足。后来，他们打听到兰陵县有个园艺场，能提供营养钵苗 20 万株，只是价格偏高，而且质量看上去也不算好。无奈新疆急等着用，他们也就只好咬咬牙买下，发到新疆去了。马九林收到幼苗后，见苗子只有十多厘米高，又是单秆，愁得睡不着觉。可当时再也没有其他“北花一号”种苗了，他们只能严格按照规范标准，把这些幼苗栽种到地里，悉心管理。不承想，两个月之后，这些幼苗竟全部成活——带着营养钵的幼苗，不仅生出了新根，而且叶子也长得润泽直挺。这一次意外之举，让九间棚人对推行营养钵苗有了底气，也帮他们打开了局面。

2016 年，在山东省援疆工作指挥部与日照市援疆指挥部的大力支持下，麦盖提县积极调整、优化产业结构，在昂格特勒克乡托万昂格特勒克村试种金银花 300 亩。这一次，九间棚人吸取了教训，将 20 万株幼苗全部用营养钵培育、运输和移栽。后经估算，这些幼苗的成活率高达 98%。

营养钵苗种植在新疆的推进，使九间棚的金银花产业有了更为坚实的技术根基。历经起初几年的种种挫折后，九间棚的营养钵育苗技术已日趋成熟。2020 年春季栽植结束后，九间棚集团先后在甘肃、新疆、云南、河北等地推广种植“北花一号”营养钵苗约 13 万亩，不仅成活率逼近 100%，而且苗木栽植后能持续茁壮生长。这为各地金银花产业项目的顺利发展、尽快获益奠定了良好基础，受到了全国各地众多客户的普遍欢迎和认可。

为解决新疆路途远、运输难的大难题，九间棚集团又创新收购方式，解除农民朋友的后顾之忧。2018 年，他们采取了在田间地头集中收购的模式，现场称重、现金交付，让种植户直接感受到金银花所带来的收益。当地农民高兴地说："一手过秤，一手给钱，金银花真是幸福花啊。"

九间棚人在巨大的困难面前坚韧不拔，积极推进种植技术的革新。"北花一号"的品种创新、营养钵育苗的种植创新这两次"科技革命"，使九间棚的金银花产业站到了全国金银花产业的制高点上。这之后，九间棚的金银花产业扶贫之路益显平坦开阔，西部地区许多贫困县的经济布局与数十万贫苦农民的命运也因此改变。

3. 具有根本性的精准扶贫

岳普湖县委书记曲连东是山东东营人，也是山东省援疆工作指挥部的留任干部。他见识高、思维明敏，认为南疆的脱贫与维稳是分不开的，而金银花产业链的形成，能让当地农民有事可做、有钱可赚，进而为当地的长期稳定打下基础。

他相信金银花产业扶贫能带来实效。岳普湖县与新疆九间棚农业科技有限公司在金银花产业发展中的苗木供给、种植技术研发推广、产品收购以及深加工等方面进行合作，采取先试验再推广的方式，使农业产业规模化、标准化、产业化、集约化发展，切实提升扶贫效益，引导农民群众尽快走上脱贫致富之路。

2020年，山东泰安援疆指挥部投入援疆资金1800万元，助力岳普湖县的金银花种植。该县的金银花种植面积由原来的5170亩增加到2万亩，涵盖农户4879户，其中贫困户2384户，户均年收益达到1.5万元以上。

九间棚的金银花产业链，从根本上贯彻了“精准扶贫”理念、解决了“精准扶贫”问题。2013年，习近平总书记在湖南省湘西土家族苗族自治州的十八洞村考察调研时，首次提出了“精准扶贫”理念，强调“发展是甩掉贫困帽子的总办法，贫困地区要从实际出发，因地制宜，把种什么、养什么、从哪里增收想明白，帮助乡亲们寻找脱贫致富的好路子”。

刘嘉坤组织集团党委对这一指示进行了认真学习与深刻领会：“咱九间棚虽然资金少、人少力薄，但是咱们有品种最优良的金银花苗木，有全套的产业链。”依据习近平总书记提出的“六个精准”（扶贫对象精准、项目安排精准、资金使用精准、措施到户精准、因村派人精准、脱贫成效精准）要求，九间棚找准了发展生产的路子，哪里不通打哪里——传统品种的金银花收获期短，九间棚人就培育出花蕾期超长的“北花一号”；新疆路途远、运输难，九间棚公司便一手过秤、一手给钱……他们紧紧瞄准西部地区的贫困群体，利用金银花产业渠道增加群众收入，努力带动贫困地区人民走上脱贫致富的道路。

曾几何时，很多地方先后尝试过养猪、养鸽子等多种产业扶贫方式，但有的村民在拿到小猪崽后，转身就去镇上卖掉了，有的村民则等扶贫工作队一走，就把“扶贫鸽”吃掉了。一直以来，扶贫产业选择上的不精准，严重影响着扶贫成效。

但我们在通渭县，在麦盖提县，在岳普湖县，在许许多多九间棚人去过的地方，看到的则是完善、精细的金银花产业链，是九间棚人“精准扶贫”的一道道亮丽风景线：

甘肃省通渭县现已成为西北地区最大的金银花标准化种植基地。

在甘肃省东乡族自治县，东北制药与山东九间棚集团等企业强强联合，于2019年投资1亿元，启动金银花产业扶贫项目，探索社会效益、经济效益和生态效益有机结合的脱贫新路。

云南的云龙县也推广种植了数万亩金银花，推进了金银花产业扶贫。

新疆的岳普湖县是2020年中国金银花产业最红火的一个县。经过四年的科学管理，该县的金银花已从零散种植发展为规模化种植。除此之外，他们还投资2000万元，建起了金银花加工厂。

……

九间棚人深入把握精准扶贫、精准脱贫基本方略，牢牢抓住产业扶贫“牛鼻子”，在我国西部贫困地区研究新情况、解决新问题，扶真贫、真扶贫，带动形成了长效高质的扶贫发展态势。

第四节　出现在边疆的九间棚新精神

1. 扶贫先扶心

在南疆，九间棚的金银花产业是与九间棚精神一起落地生根的。

岳普湖县委书记曲连东曾专程到九间棚村参观调研，认为九间棚人精神非常感人，可谓“新时代的愚公”。当年的农业战线上，涌现出了大寨、沙石峪、厉家寨、下丁家、红旗渠等先进典型，其中变化最大的是九间棚，红得最久的也是九间棚。可以说，九间棚典型是沂蒙精神在当代的化身，九间棚精神是沂蒙精神的重要组成部分。

扶贫从扶心开始，为了改变当地部分农村干部“等、靠、要”的思想，曲连东请刘嘉坤到新疆给全县干部做报告，号召弘扬沂蒙精神。之后，当地出现了学习九间棚、加快脱贫步伐的热潮。

曲连东告诉我们：“没有九间棚的精神，我们不想种；没有九间棚的优良品种与龙头企业，我们不敢种。”

这句话，把精神与物质的关系、科学与生产的关系、领头与带动的关系说得多么透彻、多么敞亮！

曲连东说，岳普湖县、麦盖提县等地将山东省委组织部沂蒙党性教育基地拍摄的电视片《九间棚》翻译成维吾尔语，在贫困村的农民夜校放映、讨论。每次放映，都能激起强烈反响。我一听，高兴极了，决定当晚就去村里，到现场看看老百姓是怎样评价的。

赶到麦盖提县昂格特勒克乡托万昂格特勒克村后，我看到会场上挂着写有“立下愚公移山志”“脱贫攻坚打先锋”的大幅标语，感到非常亲切——三十年前我在九间棚村看到的场景，如今在新疆又看到了。我感受到了全面建成小康社会的历史进程，同时也感受到了九间棚精神在新疆的生根、发芽与开花。

我与群众坐在一起看电视片，群众看到影片上有我，都叫了起来：“是他。”“像。”“就是他。”我索性站了起来，在亚森·克来木的翻译下与维吾尔族老乡们对话。我介绍了九间棚脱贫的过程，维吾尔族老乡们不断发出惊叹声。最后，我问道：

“九间棚的条件是不是比这里苦？”

“是！”

“九间棚那么苦都能脱贫，你们能不能？”

“能！”

“要不要苦干？”

“要！”

接着，老乡们纷纷发言表态。党员乌斯曼·孜民种了20多亩金银花，他站起来对群众说：“天亮靠阳光，心亮靠觉悟。不能刚给羊喂了把豆子，就去摸羊尾巴肥了没有。要学习九间棚的艰苦奋斗精神，苦干才能翻身。”

我们先后在两个县的两个村庄参加了农民夜校的讨论会，看到沂蒙精神与九间棚精神在分裂主义活动一度猖獗的南疆得到弘扬，心情大好。若非亲自来看，我根本想不到九间棚精神在新疆影响那么大、反响那么好。

2. 扎根边疆的庄洪兵

虽然事业越做越大，但刘嘉坤与九间棚党委对集团人员的思想教育从未放松过，他们尤其重视加强党的建设。对于奔波在边疆各地的外派人员，刘嘉坤总是提醒他们：“不能忘记自己是九间棚人，不能忘记九间棚精神。”对党员们，他还要再加上一条：“不能忘记自己是一名共产党员。”

刘嘉坤自己就是这么做的。他先后三十多次到新疆，与农民一起种金银花，最长时在新疆一连待了五十多天。他带着煎饼和老伴儿煮的老咸菜上路，走到哪里，吃苦到哪里。他不怕困难，说共产党员就是为了克服困难才来这里的。

党员马九林 1998 年大专毕业后被分配到九间棚村所在的天宝山镇工作，2003 年 3 月派驻九间棚村协助工作。2014 年，他辞掉有事业编制的工作，扎根九间棚。2014 年至 2015 年，九间棚集团最初在新疆试验示范种植金银花时，马九林曾一个人在喀什与和田待了大半年。

那两年，只有马九林、庄洪兵等四人常驻新疆，他们体尝了太多的艰辛：曾因回宿舍太晚而用电热壶煮饺子吃，也曾因在天山南麓的托克逊县加不上汽油而拨打“110”求救……

2017 年，马九林因工作需要被调回山东总部，庄洪兵接任九间棚新疆分公司总经理。

庄洪兵是平邑县铜石镇的农民，为了帮助新疆群众种金银花脱贫，为了发展新疆的金银花事业，他们夫妻俩带着三个孩子把户口迁到了塔克拉玛干沙漠边缘的岳普湖县，决心扎根边疆。

在离开岳普湖县的那天早上，我特地去看望了庄洪兵一家。三个孩子中，有两个是双胞胎，只有三岁。听说我从山东来，三岁的孩子总是问："爷爷什么时候回山东？"我说："爷爷很快就会回山东，但以后还会来新疆看你们的。"

走时，我摇下车窗，庄洪兵的妻子程霞抱着孩子，突然手掩着脸，哭了。谁知道什么时候能再来哩，我心里一酸，眼泪也不禁流下来了。我想起新中国成立初期山东女兵进新疆的往事，她们中就有许多沂蒙山的女儿。现在，沂蒙人的生活都好了，但为了新疆同胞的脱贫，为了九间棚的金银花事业，庄洪兵、程霞夫妇还是选择带着孩子来这里定居。沙漠边缘，言语不通，举目无亲……但他们咽下了这份苦。这是什么精神？这是新时代的红色精神，是新的九间棚精神，是克服困难奉献牺牲、振兴民族共同富裕的精神！

九间棚新一代党员在新的时代条件下、在全面建设小康社会的征程中成长起来了。

庄洪兵带着妻子孩子在新疆落户。图为作者要回山东时，他们落泪送行。

3. 九间棚的新精神

还记得三十多年前我刚到九间棚时，那里只有不到二百口人。三十多年过去，很多外村人加入九间棚，很多九间棚人走向了全国各地——十多个省区市都有九间棚的分公司，十多个民族的同胞周围都有九间棚人与他们商讨脱贫的对策。九间棚人的队伍壮大了，活动范围广了，但有一个核心一直没有变，那就是党组织，就是九间棚精神。

我在新疆待了十天，与九间棚新疆分公司的张荣杰一直在一起。他是一个特别能吃苦的人，也是携妻来到岳普湖县的。

马九林、庄洪兵、张荣杰，这三位年轻的党员都不是九间棚村的村民，但他们都已在九间棚工作了十几年甚至二十年。他们曾在《南疆行记》中写道：

平邑出发，一路向西
过了河南陕西是甘肃
单程屈指一万里
颠簸直抵乌鲁木齐
大漠无边人影稀

手抓饭，油馕香
还有新疆大盘鸡
胃口总难提

最忆山东老家饭
煎饼大葱豆腐皮

身既来，心宜安
岳普湖东麦盖提
迎朔风，走戈壁
父母妻子都难顾
九间棚人为了谁？
不畏天山满天雪
只盼金银花开时
新疆脱贫，亚克西！

还有生产部经理张如才，他常年在外奔波，在一次下乡途中，他遭遇山上落石，惊险驱车通过后，车的引擎盖已被碎石打穿。有人问他：为啥这么拼？张如才说："塌方、落石经常遇到，但信任是好不容易建立起来的。既然对村民有承诺，就要兑现。再说，俺知道贫穷是啥滋味。"又说，"在外面，每一个人都代表着九间棚精神。"

在回去的路上，我一直在想：九间棚精神在新的时代条件下，有什么样的新发展？衍生出了什么样的新形态？

九间棚人在助力南疆脱贫维稳的过程中表现出的，是吃苦耐劳顽强拼搏精神、科学攻关精准扶贫精神、克服困难奉献牺牲精神、振兴民族共同富裕精神，这是九间棚精神的新发扬，也是沂蒙精神在新疆这个特殊地区的再绽放。

九间棚人为实现共同富裕而克服困难的奉献牺牲精神，是中华民族伟大精神的体现。实现共同富裕是中华民族许多年许多代人的梦想，是无数仁人志士为之奋斗的理想，也是中国共产党人带领全国人民追求的最终目标。

4. 为山东援疆工作做出表率

山东省对口支援的喀什地区的疏勒、麦盖提、英吉沙、岳普湖四县，都属于国家扶贫开发工作重点县。作为我国金银花行业中最大的全产业链企业集团，山东平邑县九间棚集团于2015 年在新疆喀什经济开发区注册成立新疆九间棚农业科技有限公司，2019 年，该公司落户岳普湖县泰岳工业园区。几年的时间里，金银花全产业链成为岳普湖县精准扶贫的“短平快”致富项目。山东省援疆指挥部张成伟总指挥把九间棚在岳普湖的金银花加工厂作为援疆项目介绍给山东省委书记刘家义。

2020 年 7 月 14 日下午，山东省委书记刘家义来到岳普湖县，参观九间棚新疆分公司。

见面握手时，刘嘉坤说：“感谢书记来看望我们。您几次表扬九间棚，我们都很受鼓舞。”刘家义书记说：“你们干得好，

九间棚新疆分公司在岳普湖县政府的支持下，投资 2000 万元，建起了金银花加工厂，工厂职工绝大部分是维吾尔族贫困农民。

2021 年 2 月 25 日，全国脱贫攻坚总结表彰大会在北京举行，岳普湖县九间棚金银花专业合作社获评全国脱贫攻坚先进集体。

应该表扬。”

刘家义书记问：“有没有什么困难？”刘嘉坤说：“没有困难，历届援疆指挥部的领导都对我们非常支持，当地政府也很关心我们，这里的老百姓同样与我们处得很好。”

刘家义书记又问：“这边摊子做得这么大，你的家属跟来了吗？”刘嘉坤说：“我们集团公司在山东，我是到处跑，这边有分公司的总经理专门负责管理。”说着，刘嘉坤就把九间棚新疆分公司的总经理庄洪兵叫了过来。

刘家义书记问庄洪兵：“你是九间棚村人吗？”庄洪兵回答：“不是，但我跟着刘书记干了二十年了。”刘家义书记指着刘嘉坤，对庄洪兵说：“好好干，他可是你的好老师。”

在听讲解员讲述九间棚的发展历程时，刘家义书记指着刘嘉坤带领众人在陡峭的山崖间抬电线杆的照片，对新疆维吾尔自治区主席雪克来提·扎克尔和喀什地委书记李宁平说：“九间棚是我们山东的典型，创业非常不容易。他们在那么艰难的条件下架电、引水、修路，脱贫后又到这里来发展脱贫致富项目，精神非常可贵。”

刘家义书记认真地观看展厅中的每一张照片，在看到九间棚的鸟瞰图时，刘嘉坤介绍说：“九间棚原先是那个样子，现在成为4A级旅游景区了。”刘家义书记赞许道：“山上原来没有水也没有路，干成现在这样很不简单。”

九间棚在当地政府与山东援疆指挥部的帮助扶持下，建起了占地 120 亩、总投资近 3 亿元的金银花加工厂。刘家义书记走进生产车间，一边看一边询问公司的生产研发情况。

刘嘉坤汇报说：“多年来，我们研发的金银花品种都非常受西部贫困地区农民的欢迎。现在我们做到了全产业链布局，在西部定有发展前途。”刘家义书记说道：“你们把金银花做成一条产业链，在这里进行产业扶贫，让农民的收入能够持续增长，可见这真的是个好项目。”

岳普湖县委书记曲连东对刘家义书记介绍说：“金银花产业在这里非常受农民欢迎，今年这里的农民每亩已经可以增收两千多元了。岳普湖县去年脱贫，九间棚的金银花产业是起了作用的。我们的发展虽需要经济支持，但更需要一种精神支撑。其实，不仅是九间棚的金银花产业适合我们岳普湖县的农业产业发展，九间棚改天换地、艰苦奋斗的精神更能激励我们把产业发展好。”

刘家义书记指出，九间棚在率先脱贫后援助边疆发展金银花产业，是山东创业的典型。他说：“这个‘三忠于’（忠于党、忠于人民、忠于事业）、‘三不怕’（不怕吃苦、不怕吃亏、不怕吃气）和‘三永不’（永不服输、永不停步、永不变色）

精神很好啊，与时俱进。脱贫与扶贫，都需要弘扬这些精神。”他鼓励九间棚援疆企业要继续加强研发创新，走好产业扶贫之路，发扬攻坚克难的九间棚精神，为山东援疆工作做出表率。

刘嘉坤汇报说：“我们村是在党的领导下实现脱贫的，现在党号召全面建成小康社会，我们就有责任与贫困地区一起往前走。而且来到这里后，我们自己的产业也得到了发展。这是合作共赢的事。”

喀什地委书记李宁平一直支持九间棚金银花产业的发展，也了解情况。他详细介绍了九间棚对喀什的帮助，雪克来提•扎克尔主席说：“你们到这里来发展，不光是创办了一个产业，更做到了精准扶贫，为民族团结和边疆稳定做出了贡献，我们感谢你们。”

2020年11月14日，新疆维吾尔自治区人民政府发布公告，莎车县等最后十个未脱贫县经评估核查，符合贫困县退出标准和条件，退出了贫困县的行列。这些县，几乎都是金银花生产县，都不同程度地依托了金银花产业链的援助与扶持。

刘嘉坤在得知这一消息后特别激动：边疆人民如今也走上了脱贫致富的大路——习近平总书记的要求，九间棚人做到了；山东省委书记刘家义的要求，九间棚人也做到了。

第九章

『六不用』生态农场

九间棚村富裕后，又将生态与食品健康提上了发展日程。九间棚人连闯土地流转、生态技术、公司化管理与互联网销售四关，建起“六不用”生态农场，为发展现代化农业注入了新的时代内涵，将九间棚打造成乡村振兴的齐鲁样板。

第一节　绿水青山就藏在蔬菜果品里

1. 要确保“舌尖上的安全”

小康不小康，关键看老乡。在农村，什么叫小康？富裕后的农村再度衰落不是小康，村民经济富裕而精神萎靡不是小康，明天的路暗淡不明不是小康，少了生态与健康也不是小康。

九间棚人富裕了，生态与健康又被提上了发展日程。

2010 年，刘嘉坤在北京开会时去看望一位老领导。老领导对农村的发展情况很熟悉，讲了一番农业生产中亟待解决的问题，提出了发展生态农业的思路，认为人们要过上幸福生活，只有好空气、好环境还不够，还要有健康的食品。

听者有心，刘嘉坤开始关注农产品安全与健康问题。他发现现在的人不仅渴望绿水青山，而且对饮食与生态也提出了新要求。

改革开放以来，中国面临的农村、农业和农民问题日益严峻，这已经不是粮食产量高低的问题了。农产品质量下降，粮不香，菜无味；化肥农药使用严重超标，令人不再放心；土壤板结硬化，已经种不出合格的粮食。生态环境问题已成为我们不得不面对的严肃问题，成为振兴乡村所需解决的一大难题。

习近平总书记在2013年的中央农村工作会议上讲道：“食品安全源头在农产品，基础在农业，必须正本清源，首先把农产品质量抓好。要把农产品质量安全作为转变农业发展方式、加快现代农业建设的关键环节，用最严谨的标准、最严格的监管、最严厉的处罚、最严肃的问责，确保广大人民群众‘舌尖上的安全’。”这使刘嘉坤坚信，只有生态农业，才是真正的现代农业。

刘嘉坤找到了中国科学院的生态研究专家蒋高明教授。蒋高明教授在很多年前就著有《中国生态环境危急》一书。针对农村的生态环境问题，蒋教授不是坐而论道、像旁观者一样说说而已，而是在老家平邑县蒋家庄搞起了自己的生态农场，躬下身子，在田间脚踏实地带领农民一起干。生态农场产的有机姜、大蒜、花生、鸡蛋等农产品，均以高于市场价五到十倍的价格销售，而且供不应求。他鼓励刘嘉坤也这么做。

在得到蒋高明等多位农业科学家从理念、技术到生态化技术鉴定、销售等方面的支持后，刘嘉坤有了新打算：以九间棚为基地，全力发展生态有机农业，建立自然生态农场，将沂蒙山区的优质农产品推向高端、推向全国。

2. 让二哥先试种

刘嘉坤计划先在金银花和山楂上站住脚，然后再将生态有机种植技术推广到苹果、梨、桃、杏、枣等果品。蒋高明与徐常青、李卫东等专家开始帮助九间棚谋划有机山楂的发展之路。

刘嘉坤在村民大会上说：“总书记发号召了，食品安全源头在农产品，基础在农业，必须正本清源，首先把农产品质量抓好。我们九间棚要搞生态农业，以尽可能少的化肥、农药投入，求得尽可能多的深加工原料；对土地精耕细作，使农工贸一体化、产供销一体化。这是现代农业的发展方向，也是新增长点。”

村民们听后，觉得刘嘉坤又走在前面了。可要大力培育不打药的山楂，并不容易。刘嘉坤挨家挨户地走访劝说，希望村民都来发展生态果林，但最后的结果是连他自己的亲戚都不愿意这么干。

没办法，刘嘉坤找到了在大山里侍弄果树的二哥刘家全。刘家全说，土地这几十年已经习惯了化肥农药。不施化肥，山楂个头偏小、产量低；不用农药，山楂招虫、样子难看，这样的山楂很难卖出去。

刘嘉坤劝说，土地都是让农药化肥惯坏的，我们用有机肥料，把土地这个“坏脾气”拗过来。最后说：“你不打药的山楂，十块钱一公斤，我都包了。”二哥拗不过刘嘉坤的犟脾气，只得同意试试看。

山楂红了。与其他村民家果园里硕果累累的景象不同，刘家全家山楂树上的果实个头小，也稀少，然而果肉却鲜嫩美味。刚到采摘季，刘嘉坤便从二哥及个别村民手里买下这些不打药的山楂，并从自己指导管理的几亩山楂树上摘取一部分样品，送到了青岛一个权威的产品质量检测中心。鉴定结果是，这些山楂均达到“零农残”，达到了有机山楂果品的质量标准。

刘家全种的山楂两年内没有喷洒农药，只施了发酵大豆肥，每亩地产量缩减到 2000 公斤，除去病虫坏果后，只能达到正常施肥用药果树产量的 40%。当年经销商在平邑山区收购的山楂是 3 元一公斤，可刘嘉坤却以 10 元一公斤的价格收购，算下来，不用农药化肥的山楂会比用农药化肥的每亩多收入 5000

元。刘家全的果园成了种植有机山楂的样板。

后来，刘嘉坤带着自家产的山楂赶到北京，见到了曾主管农业事务的国务院原副总理姜春云。刘嘉坤介绍："这种完全没有农药残留的丑山楂，与那些精心打理的山楂相比，个头品相虽差了点儿，风味品质却更好，九间棚人要让关爱着沂蒙山区的领导们尝尝我们自己种的有机无公害山楂。"

老领导听后，高兴地说："九间棚在全国推广种植金银花十多万亩，带领十多万人摆脱贫困，这是老劳模立了新功。现在发展有机无公害山楂，更是蹚开了新路子。你们的绿水青山就藏在这蔬菜果品里。"

现在，无公害山楂果已经涌入市场，并且在高端消费人群里呈现出供不应求的局面，未来市场前景十分可观。刘嘉坤下的"有机山楂"这一着新棋，在大峪沟里引起了家家户户的议论。小小山楂的成功，透射出九间棚全力发展生态有机农业的新型致富路，反映出九间棚人以崭新的姿态踏上了农业现代化的新征程。

第二节 生态农场连闯四关

1. 首先解决 3000 亩地

九间棚村在中国科学院植物研究所蒋高明教授的支持下，运用生态学的理论和方法，研究“六不用”生态生产与管理技术，以期恢复生态平衡，生产优质的安全食品。所谓“六不用”，是指不用化肥、不用化学农药、不用地膜、不用激素、不用除草剂、不用转基因。

就此，刘嘉坤蹚开了发展生态农业的新路子，他奔走在山坡上，组织有机无公害农产品生产。然而，九间棚大规模种植“六不用”农作物并不容易。

首先面临的挑战是土地使用权已经分到农民手中，整合土地资源存在难度。九间棚原来只有112亩地，斜挂在九道山梁上，村民便自己填土，硬是在石头缝里填出了700亩地，可还是太少了。只有和尚崮下还有一片地可以开垦。

刘嘉坤他们租来机器，把一块块巨大的石头从地里挖出来。山上没有土，他们只好把碎石片垫在底层，然后再在表层垫上土。这片地来得太不容易，完全是在石崖顶上造出的小平原。他们要耕翻整理，使之利于灌水、排水；要施足有机底肥，然后再沿等高线起垄或挖鱼鳞穴栽植苗木。这样，新整土地每亩都要花费一两万元，成本很高。可是三十年前他们修路、架电时就是这么干的。还是凭那种愚公移山的精神，还是靠艰苦奋斗，他们下了决心朝前干。

然而土地就那么多，除了开垦，刘嘉坤不得不采用土地流转的方法，可是老百姓起初抱着怀疑态度，都不认同。

刘嘉坤的儿子刘丞铭有个家庭农场，因好不容易打出一眼井，成了全村的宝地。这时候，刘丞铭看到父亲为土地流转的事情愁得睡不着觉，决定把这口井连带农场，一道交给村集体。村民们都对他竖起大拇指称赞不已。

接着，马家岭的老农民张宗青动员周围大圣堂、石泉、北岭等村的村民，把土地流转了过来。就这样，九间棚的“六不用”农场从一无所有变成了3000亩。

村里专门注册成立了平邑县九间棚寿山生态科技农场，该农场及各个种植基地的管理人员均以当地群众为主，这有效地解决了部分剩余劳动力的就业问题。村民成了农场职工，60多岁的刘甲金负责打扫农场卫生，一个月也能拿到3000元。

刘嘉坤说，之所以要在山上搞旅游、办农场，不光是为了发展经济，让土地增值，还为了让村里农民就业，让每个人都有活干、有钱挣，要把村里人都养起来，不让村里再出现一个穷人。这是九间棚事业发展的底线，也是刘嘉坤心中的底线。

土地流转，公司化组织、集体化管理，刘嘉坤就这样连续突破了两大关。

2. 闯生态技术关

天黑透的时候，山野里特别安静，星星像银钉一样嵌在天幕上。人们从家中出来，就能看到九间棚山间也淌着一条星河——这是九间棚村里的太阳能灭虫灯。灯光是蓝色的，很亮，走上前去，能听见嘶嘶的响声。虫子看见灯光、闻到香味，会蜂拥而至，但一碰到杀虫网便会掉下来。灯下挂着一个小袋子，提起来沉甸甸的，里面都是死掉的虫子。

九间棚村仅后山就安装了80余盏灭虫灯、4台声光植物促生器，杜绝了杀虫剂、化肥、激素、重金属、塑化剂、转基因的危害，生产的山楂、金银花、小米等初级农产品以及养殖出的黑猪、土鸡等畜禽，连续多年通过第三方检测，化验结果达到了有机认证标准，是真正可以让人放心食用的优质农副产品。

为了帮助大家掌握“六不用”农产品管理技术，村里定期开办培训班。另外，九间棚还与中国科学院植物研究所、中国医学科学院药用植物研究所、北京中医药大学等科研院所和高等院校建立了长期合作关系，邀请蒋高明、徐常青、李卫东、刘勇等四位农业技术专家组成了核心研究团队，相继研发出“物理＋生物防虫”技术、有机肥养地技术、生物与机械控草技术、生物控病技术、农产品加工技术等生态农业技术。

3. 闯互联网销售关

刘嘉坤明白，只有东西卖出去了，农民才算有收获，所以优质农产品的销售是关键，高效生态农业必须有自己的定价权。

为解决有机产品大量生产后的销路问题，2014年，九间棚联合社会各界力量，成立有机、绿色产品的销售平台——九间棚电子商务有限公司。该公司将检测合格的产品进行回收，再通过电商对外销售。

九间棚的村主任陈凡莉是个女能人。在九间棚电子商务有限公司一度打不开局面时，她下山挑起重任，带着由十个人组成的线上销售团队干起来。他们通过网店销售、参加农产品展销会等方式，使“六不用”产品畅销国内各省区市，2019 年的销售额达 600 余万元。

后来，九间棚又大力发展农村“乐村淘”，号召全体村民加入电商队伍中来，为贫困村民配备电商设备并提供每月两次的技术指导。据统计，九间棚村及其周边村共有 500 多人加入电商团队，涉及贫困人口 50 多人，年人均增收 4300 余元。九间棚集团加工的金银花产品与村民自产的蜂蜜、干鲜果等特色农家产品，亦借助九间棚的电商平台销售到了全国各地。

值得一提的是，九间棚在京东平台注册了“中国特产 • 平邑扶贫馆”，在县扶贫办的帮助下，结合扶贫政策，推广“六不用”种植理念，拓展销售业务范围，用创新的形式来扶贫：一是把扶贫馆交易额的 2% 作为扶贫基金存入扶贫基金库，定期帮扶救助困难群体；二是平邑九间棚生态科技农场向有种植能力的贫困农民免费提供生态农业种植技术的培训和指导，对于检测达标的特色农产品，以高于市场价 20% 的价格优先收购，带动贫困户增收致富；三是建档立卡的贫困户在扶贫馆选购其他商品时，可享受 10% 的返现政策。

现代生态农业不仅解决了人们所担心的食品安全问题，而且在环境保护、全民大健康工程建设、乡村振兴、城乡和谐发展、生态文明建设等环境与健康的重大问题的解决上发挥了重要作用，其发展水平成为衡量中国农村全面建设小康社会所获成果的一项新指标。

九间棚连闯四关，建起“六不用”农场，在对农田进行生态化管理的基础上，实施公司化组织、集体化管理与电商化销售，不仅拉开了乡村振兴的崭新一幕，而且为全面建成小康社会注入了新的时代内涵。现在，九间棚生态农场每年都会吸引大批同行前来参观学习，蒋高明教授的生态农业创新理念也在九间棚村乃至全国范围内开花结果。

第三节　乡村振兴的齐鲁样板

1. 九间棚的美好风景

刘嘉坤在党委会上与大家讨论：九间棚在实现小康后，路该怎么走？最后，众人得出一致结论：要朝着 2018 年中央一号文件提出的“让农业成为有奔头的产业，让农民成为有吸引力的职业，让农村成为安居乐业的美丽家园”这一乡村发展愿景继续努力。

回顾这三十多年走过的路，九间棚人百感交集：我们跟着党脱贫奔小康，虽然一步步走得不容易，但最终还是实现了山变绿、水变清、人变富的愿望。七十年前，沂蒙山区流行《十唱共产党》；三十多年前，九间棚人谱写了新的《十唱共产党》；如今，新的时代开始了，九间棚人觉得怎么都难以完全表达出自己对党的热爱。

让九间棚人最感舒心的就是九间棚的产业，那是他们的生活来源。金银花种植在平邑县虽有几百年的历史，但之前一直都被当作副业；20 世纪 80 年代末，九间棚村率先走产业化发展的路子，村委会出面找客商、签订单、育新苗，金银花的规模化种植渐渐有了起色；特别是自 21 世纪初开始打造的特色产业链，更使九间棚从一个小山村发展成集体年收入高达六千多万元的特色产业强村。小小的金银花让九间棚村民的钱袋子鼓起来了。

令九间棚人印象最深的莫过于住房。九间棚村居住条件的变化，见证了时代的变迁，真实反映了中国农村的发展历程。在这里，一代住房就是那九间天然形成的巨大石棚。二代住房建于 1958 年，房高不足 3 米，室内宽度不足 4 米，石头墙、草苫顶、木板门、木棂子窗，整座房屋矮小逼仄、漏风撒气、阴暗潮湿。三代住房是 20 世纪 70 年代后期建造的石头瓦房，砌房基开始使用石灰砂浆，安门窗也开始使用玻璃。四代住房建于 2011 年，当时，村“两委”带领村民在县城建起了九间棚新村，全村 45 户村民喜迁新居，住进了宽敞、明亮、洁净、配套设施齐全的新楼房。五代住房则以老村内 27 户村民如刘家全、廉茂增等人家的二层楼房为代表，室内地面铺有瓷砖或木地板。到 2019 年，九间棚村民全部住进了砖混结构的平房、二层楼房、多层的连排别墅或电梯别墅，有了自己的洗浴间、储藏室、车库，人均住房面积达 35 平方米。

让九间棚人最常说道的是出行方式。过去村里女子出嫁、病人看病等，都要抬着下山。1980 年，村里人购买了第一辆自行车，却只能将它寄存在山下的亲戚家中。1985 年，村民开始以自行车、拖拉机代步。2005 年，全村有摩托车、机动三轮车、拖拉机、面包车、家用轿车等机动车 32 辆。到了 2019 年，有三辆家用轿车的人家也不算稀罕。

让九间棚人最为骄傲的是九间棚的工程，那是他们用血汗浇铸的。龙顶山天池是一座建于 1988 年的蓄水池，天池的下面修建了 35 个小蓄水池，实现了“路跟渠，渠带路，母子水池满山布；灌田园，浇果树，洗衣做饭水到户”的高山水利化。近几年，九间棚又投资修建了 15 公里的景区环线道路，建起了两座蓄水 30 万立方米的峡谷水库，新修了 15 公里长的集水渠，实现了路通、电通、水通、网络通。

让九间棚人最为自豪的是九间棚景区成为国家 4A 级旅游

景区，被誉为“亚洲最大的天然花园”。九间棚村有众多的自然景观和人文景观。这里5万亩的果园连成一片，春华秋实，风景秀丽，尤其是阳春三月，鲜花盛开，桃红、梨白、柳绿、松青，遍地芳菲，置身其间，如在画中。景区中的人文景观有九间棚旧址、龙顶山天池、北海银行鲁南印钞厂旧址、天宝山战斗遗址、元代道观小圣堂等，自然景观则有挂心橛、双乳峰、母子山、张郎背姜婆峰、老虎窝大峡谷、水杉林、千年藤萝树等。自然的神韵和人文的精华交相辉映，使九间棚村先后被评为“全国文明村镇”“国家农业旅游示范点”“全国生态文化村”“中国幸福村”“中国传统村落”等，吸引着全国各地的游客前来观光体验。

让九间棚人最感光荣的是金银花文化。这里连续举办了六届中国金银花节暨金银花高峰论坛，在社会上产生了深广影响。2011年，我全程参加了在临沂的沂河岛上举办的首届中国金银花节，感觉就像自己家中举办了盛大的庆典，满心的自豪与光荣：我们九间棚金银花产业的科技优势与产业链优势正逐步形成，我们九间棚的金银花事业做大了、做强了、做优了，竞争力、创新力、影响力都有了显著提升。宴会上，我与刘嘉坤挨桌向嘉宾们敬酒，心里满是激动，眼里常感湿润，由衷地为九间棚的金银花事业骄傲。

2. 九间棚新的顶层设计

九间棚的昨天，不代表今天，更不代表明天。按照党的十九大提出的新时代党的建设总要求，九间棚把打造乡村振兴的齐鲁样板作为新的奋斗目标。

2018 年 5 月 31 日，中共中央政治局召开会议，审议《国家乡村振兴战略规划（2018—2022 年）》，认为要坚持农业农村优先发展，按照产业兴旺、生态宜居、乡风文明、治理有效、生活富裕的总要求，统筹推进农村经济建设、政治建设、文化建设、社会建设、生态文明建设和党的建设，加快推进乡村治理体系和治理能力现代化，加快推进农业农村现代化，走中国特色社会主义乡村振兴道路，让农业成为有奔头的产业，让农民成为有吸引力的职业，让农村成为安居乐业的美丽家园。为此，九间棚邀请高层次专家和规划设计师，对九间棚的村庄、产业、旅游、乡村振兴等做了顶层规划设计，力争把家乡建设成“美丽乡村”。

早在 1989 年，九间棚在刚刚脱贫后就制定出“六图一书”。1991 年，九间棚聘请县建设局规划设计院规划建设社会主义新九间棚。2015 年 4 月，九间棚村委托北京清华同衡规划设计研究院有限公司对九间棚村传统村落的保护与发展进行规划。规划中的九间棚田园综合体，总面积 1400 公顷，覆盖周边七个行政村，分为金银花等特色花果产业聚集区、九间棚风情传统民居社区、九间棚风光康体寿养度假区、九间棚农事体验区、九间棚精神红色基因教育培训区、九间棚旅游生活服务区等六个功能区。

对家园，九间棚人也有自己朴素的愿望与规划。

年长的人说，老梨树“望归树”要留下。九间棚村的梨树多为黄梨品种。2019 年，全村树龄在五十年以上的梨树有 50 余棵。“望归树”为刘氏村民迁居此地后栽种的，迄今已有二百余年的树龄。这棵老梨树下面的山道，是过去九间棚人攀爬悬崖上下山的通道，崎岖难走，人们常在此等候外出的家人，盼望家人能平安归来，该树故得名“望归树”。这里曾上演过无数令人心酸的故事，也留下了九间棚人对美好生活的憧憬。

年轻的人说，村里要多建文化展览馆。村落西侧的九间棚旧址占地 600 平方米，村中的民俗馆占地 230 平方米，东侧的九间棚展览馆占地 2700 平方米。将来，九间棚还要在马家岭建金银花展览馆、沂蒙崮地貌展览馆，在山沟里建北海银行博物馆……

“要用几年的时间，把九间棚建设成国家 5A 级景区，让大家住在风光秀丽的环境里，这是九间棚人一个共同的愿望。”刘嘉坤说，下一步，九间棚人将继续以金银花产业和乡村旅游业为重点，带领更多的农民脱贫致富奔小康，建设更加丰饶富足、山清水秀的社会主义新农村，为扶贫攻坚和全面小康做出新的贡献。

62岁的刘月凤是我刚到九间棚那年的房东，她既是九间棚的村民，也是九间棚旅游公司的职工。她每天一早到果园里劳作，早饭后到绣坊做活儿，销售村民手工制作的特色旅游产品。她说：“家里的果园一年能挣六七万元，我在旅游公司上班每月工资3700元，孩子们也都有各自的工作，日子一天比一天好。我做梦都没有想到能有今天这样的好日子，更不知道明天的日子能好到什么样儿，还要怎么好呀？不敢想呀！”

刘嘉坤说：“你使力气想。”

刘月凤说：“想不出来了。”

刘嘉坤说：“建成社会主义现代化新农村！”

对美好生活的向往激励着九间棚人永不停步，他们规划建设美好家园，着力将九间棚打造成乡村振兴的齐鲁样板。

如今的九间棚已成为国家 4A 级旅游景区。图为游客到九间棚旧址参观游览。

九间棚精神代代相传。图为村里考出去的大学生回乡看望老党员刘德香，聆听九间棚人艰苦创业的故事。

九间棚人在山上热热闹闹过大年，舞狮舞龙，精彩纷呈。

第十章

红旗在上

在中国脱贫运动中产生的九间棚精神是沂蒙精神的重要组成部分，是沂蒙精神的杰出代表。九间棚精神集中体现在村支部书记刘嘉坤等党员身上，是党为人民、人民跟党走的本质体现。九间棚精神、沂蒙精神永不过时、永不褪色，是党和人民共同实现中华民族伟大复兴梦想的一种强大动力。

第一节　刘嘉坤三次“辞官”

1. 山顶上的一面红旗

从平邑县地方镇赵家庄向龙顶山巅望去，云雾缭绕中，山顶上的九间棚村酷似一座城堡，伟岸雄壮；驱车顺着九间棚人修建的公路沿山体盘旋而上，来到红门根悬崖下，只见峭壁拔地而起，巍然耸立。

九间棚人改天换地的战斗，就是在这悬崖峭壁上打响的；九间棚人的金银花事业，就是在这悬崖峭壁上起步的；九间棚人帮助我国西部贫困地区脱贫、推动我国全面建成小康社会的壮举，就是从这悬崖峭壁上发轫的。

红门根悬崖上，一座外形酷似法国凯旋门的山门矗立着，上面是一副对联：“九间棚九柱擎天，龙顶山龙虎斗地。”这副对联，包含着九间棚的村名、地名、最初党员的人数及其事迹，也概括了九间棚典型产生的时代背景与意义。

九间棚村的展览馆前，有一块景观石，该石呈红旗形状，上面镌刻着习近平同志的赞语：“九间棚虽然地处偏远，但风景这边独好。”

2012 年 3 月 7 日，时任国家副主席的习近平参加第十一届全国人大五次会议山东代表团审议。刘嘉坤在会上汇报了九间棚山区脱贫及金银花产业发展的情况。习近平同志说，九间棚一个小山村都能把金银花做成一个产业，不简单。又说，“九间棚虽然地处偏远，但风景这边独好”。这是对九间棚人莫大的赞扬与鼓励。

2. 春节辞别母亲

2014 年春节，就在习近平总书记指示“要不断结合新的时代条件发扬光大”沂蒙精神的两个月后，刘嘉坤便打点行装，准备前往新疆。他认为，龙顶山的变迁是中国共产党人带领人民群众摆脱贫困的缩影。现在，九间棚人过上了富裕的生活，在新疆需要援助的时候，也理应做出自己的贡献。

其实，由于母亲日渐年迈，刘嘉坤在去新疆前也曾有过犹豫、不舍。担任九间棚村书记之后，刘嘉坤一直觉得愧对自己的母亲廉德兰，所以每当忆及往事，一向刚强的他就会泪流满面甚至痛哭失声。刘嘉坤的父亲刘德功曾任九间棚村与某联合村的大队长多年，工作业绩突出，四邻八乡的群众对他的评价也很高。但因性格直爽倔强，他在当村干部时曾遇到很多不愉快的事，这在刘嘉坤母亲心中留下了难以消除的阴影。

1984 年，在得知刘嘉坤被推选为九间棚村党支部书记后，嘉坤母亲满脸不高兴，决心不让儿子干这个吃亏吃气不讨好的“苦差事”。

“你父亲当村干部时就光忙工作，家里的事没时间管，受的罪不少，也没落什么好。这个村支书，俺不想让你干！”母亲边说边哭了起来。

“娘，您放心，俺学父亲的心眼好、能干，不学父亲的犟脾气。等干好了，大家都过上好日子了，咱家不也就跟着过上好日子了吗？”刘嘉坤边给母亲擦泪边安慰道。

“俺这做娘的难道不知道你那个犟劲，一干起事来就把家给忘了。你非要当那个村支书吗？”

“娘，您也知道，咱村这么穷，大伙儿连水都吃不上，现在着急的是解决全村人没水吃的问题。俺已向村民表了态，要干就干好！您看这样行不行，俺试着先干一年，干得好的话，就继续干下去，干得不好的话，俺就辞职不干了。”

“那说好了，先干一年看看，但最多干三年就不干了！”母亲说得很干脆。

“行，就按您老人家说的办。”刘嘉坤爽快地回答。

可刘嘉坤一干就是30多年。每当母亲问他为何不兑现自己的诺言时，他总是微笑着，耐心地给母亲做工作、讲道理。

30多年来，每年的正月初一，刘嘉坤都不待在家里陪家人过春节，而是要出远门。用他的话说就是：在这个时间外出找人最方便，因为大家这时候一般都会待在家里。他要么去给帮助过九间棚的“贵人”拜年，要么去找有关领导，请求他们帮忙解决困难。

2014年的正月初一，刘嘉坤一大早就起来给母亲拜年，告诉母亲自己要去新疆谈事。母亲拉着他的手说：“你今年不出去行吗？在家陪俺说说话。”刘嘉坤为难地说：“娘啊，总书记让俺帮助边疆的人哩。何况，俺已经与那边的人约好了，不去不成啊！”母亲听后，不再阻拦了，说：“国家事大，你去吧。”她拄着拐杖，执意把儿子送到楼下，目送着儿子远去。

母亲深知嘉坤的秉性，知道他总是一心记挂着公家的事。

母亲记得，大孙女小慧结婚的时候，不巧，嘉坤要去外地出差，那么多亲戚都来了，做爹的不能不在场啊。嘉坤出门时，小慧说：“爹，你就我这一个闺女呀。”嘉坤说：“外面有急事，爹争取早处理完了赶回来。”女儿不是不明事理，但此情此景……她的泪水流了出来。嘉坤的眼角也湿了，但他还是转身出门——他的心肠就是这么硬。

母亲还记得，孙子小斌结婚的时候，亲戚们都来了，有的还是从北京、内蒙古赶来的，可是迟迟不见嘉坤回来。母亲一边招呼亲戚，一边不断朝门口跑、朝远处望。直到夜里 12 点，嘉坤才风尘仆仆地赶了回来，可母亲只说了一句“总算把你盼回来了”，再无埋怨之语。

母亲一次又一次地原谅了自己的儿子，因为她知道儿子的心里装满了公家的事、别人的事，唯独没有自己的事，她对此早已坦然接受了。这个春节，母亲清楚自己的身体每况愈下，撑不了几天了，可她依旧强忍着不跟儿子说。

2014 年春节，刘嘉坤去新疆前先在聊城、济南盘桓了两日，正准备登机赶赴乌鲁木齐，却突然接到了告知母亲病危的电话。正月十六这天，廉德兰老人安详地走了，享年 97 岁。

3. 刘嘉坤的三次“辞官”

刘嘉坤三次“辞官”的举动，可以反映出他的为人。

1992 年 7 月，刘嘉坤因工作成绩突出，被平邑县委任命为天宝山乡（天宝山乡于 1994 年撤乡设镇）党委副书记兼九间棚党支部书记；1994 年又被提拔为镇人大主席，成为一名正科级干部。1996 年 8 月，天宝山镇党委书记一职空缺，县委领导找他谈话，让他专职担任镇党委书记，但刘嘉坤婉言谢绝，继续担任村支部书记。

2002 年，北京鲁能农业科技有限公司在北京市顺义区成立，聘刘嘉坤为总经理，计划种植 1000 亩银杏树。刘嘉坤很高兴，因为这肯定会带动九间棚村的发展。

当时，刘嘉坤在短时间内招到了 1200 多名务工人员，在北京的种植基地搭建帐篷供其住宿。他将所有人按班、排进行划分，采取准军事化管理模式，并想方设法改善大家的伙食，提供良好的后勤保障。一个月后，他们圆满完成了 1000 亩银杏树的栽种任务。鲁能集团的正、副经理在验收时感到十分惊讶，感叹他们不仅在较短的时间内完成了任务，而且质量上乘。

鲁能集团的领导对刘嘉坤刮目相看，动员他来集团做一名正式的国企员工，具体负责银杏园的管理工作，还许诺给他正处级干部的待遇。这么好的薪酬待遇，对于当时正身处困境的刘嘉坤来说，无疑具有很大的诱惑力。

但刘嘉坤的大脑里冒出了无数个问号：“如果我拍屁股跑了，那么九间棚村今后的建设怎么办？谁来领头搞发展？九间棚村的村民贫富差距这么大，谁来负责呢？我离开九间棚，日子过得滋润了，将来还能有脸再回去吗？”经过一番思想斗争，两天后，他做出了决定：放弃这一难得的机会。

2014 年底，刘嘉坤年满 60 周岁，县里的主要领导找他谈了一次话，告知他按照国家现行政策，他可以享受正科级公务员退休待遇，但前提是辞去九间棚集团董事长一职。刘嘉坤苦苦思考了两天，最终决定：放弃公务员身份，这辈子就当农民了！

2015 年、2016 年这两年，刘嘉坤既没有退休金，也没领九间棚集团一分钱的工资。从 2017 年开始，刘嘉坤在九间棚集团每月领 8000 元工资，这相当于该公司中层干部的工资标准（公司总经理每月的工资为两万元），可刘嘉坤说：“工资是我定的，只有我吃亏，大家才信服我。”

为了九间棚人民的幸福，刘嘉坤几乎舍掉了个人的一切。有人向我讲起刘嘉坤“三舍”的故事，即他为了九间棚“舍”了三次：

青年时期，他舍了一段感情。刘嘉坤十七八岁的时候曾到山下的一个村里编筐。他手艺好、品德好，村里长相最为出众的姑娘爱上了他，问他能不能在山下盖房子成家。刘嘉坤知道山上太苦了，姑娘的要求在情理之中。但自己是共青团员，如果村里的年轻人都往山下跑，九间棚村就再也发展不起来了。他决心改变家乡的面貌，忍痛舍掉了这份感情。中年时期，刘嘉坤两次舍掉“前程”。退休后，他又舍掉了公务员的养老保障。这些人生中美好又重要的东西，刘嘉坤全舍掉了，为的就是九间棚村，为的就是村里的老百姓。

刘嘉坤的行为影响了很多人，廉士东便是其中之一。廉士东是一位有着 20 多年乡镇工作经历的科级干部，曾任九间棚村所在乡镇的党委副书记。2004 年 2 月，42 岁的他被平邑县委组织部委派到九间棚村挂职党总支副书记，从此成为刘嘉坤的得力助手。2014 年 8 月，出于政策性规定与他继续留在九间棚村工作的意愿，他申请办理了提前退休的手续，现任九间棚村党委副书记兼九间棚生态农业开发公司总经理。

在九间棚村，还有很多像廉士东一样的干部，如黄晓理、马九林、刘守文、张建平。他们之前多是平邑县的科级干部，有的还读完了博士。他们说，跟着嘉坤干，不只是为了钱，更是为了九间棚的事业。虽然苦了点，但是光荣。

“宝剑锋从磨砺出，梅花香自苦寒来。”九间棚人用自己的心血、汗水和智慧，把大山里的庄户人变成了文化人、技术员、企业家，也使原不起眼的小企业发展成“种养加工一条龙，产供销全产业链”的九间棚集团。

九间棚非常重视新一代人才的培养，他们通过内挖外招、内育外引、内聘外联等措施，打造了一支能征善战、锐意进取的高素质人才队伍。九间棚集团现有员工 1000 余人，其中，本科及以上学历的有 300 多人，党员已发展到 109 人，一批青年后备干部也充实了进来。九间棚村刘军、程坤等有为青年相继返乡创业，他们追随刘嘉坤，学习刘嘉坤“永不服输、永不停步、永不变色”的精神，甘于为九间棚更好的明天贡献力量。

“九间棚虽然地处偏远，但风景这边独好”，九间棚最美的风景，便是刘嘉坤等共产党人心中的信仰。

第二节　党员积分管理法

1. 刘嘉坤的党课

在与刘嘉坤相识的30多年里，我知道他心里一直装着老百姓。嘉坤私下里对我交过底：“村里有能人，搞市场那一套，我比不过他们；可是我为老百姓着想，这一点他们谁也比不上我。老百姓信服我，非让我干不可。”

刘嘉坤上党课时说的许多话，党员们都记在本子上。《九间棚》电视片里有一句话感动了许多人，就是刘嘉坤上党课时说的：“不论在什么情况下，都不能忘了自己是一名共产党员，要为党争光；不论走到哪里，都不要忘记咱是九间棚人，不能为九间棚人丢脸。”

那么，要做什么样的九间棚人、什么样的共产党员呢?

刘嘉坤最早说的是“两个为”，即为祖宗争光，为后人铺路。他解释说：“咱也是人，得让亲戚看得起咱，让走出村的人忆起来还想回来看一看。咱要对得起祖宗，莫让后人笑话。九间棚今天不如人家，明天一定要超过他们。”

刘嘉坤过去常说的是“三不怕”，即不怕吃苦、不怕吃亏、不怕吃气。他解释说，不怕吃苦，就是要吃苦耐劳、艰苦付出，不贪图享受；不怕吃亏，就是在面对好处时，要先人后己，宁可自己受罪，也要让别人获益；不怕吃气，就是不和群众争强斗气，能“受委屈”。

刘嘉坤后来常说的是“三个好”，即要当好村干部、干成事，就必须做到思想好、身体好、家庭好。他解释说，思想好就是心眼子好，要做一个好人、做一个好党员，要一心为老百姓做好事；身体好就是要有健康的体魄，这样才能支撑你完成艰巨的事业；家庭好就是要得到家人的理解和支持，古人讲“修身、齐家、治国、平天下”，可见家庭稳定很重要。

刘嘉坤现在说得最多的是“三永不”，即永不服输、永不停步、永不变色。他解释说，永不服输，是指九间棚走到今天，可谓历经千难万险，但是“困难无其数，从来不动摇”；永不停步，是指九间棚人致力于美丽乡村的建设和金银花产业的发展，目标远大，永远在路上；永不变色，是指九间棚的共产党员严格要求自己，不变共产党员的本色，不变沂蒙山人的本色！

刘嘉坤还有两个“根本论”。他说，思想好是做人的根本，勤奋是做成事的根本，不懂就学，边学边干，坚持下去，事情就一定能干成。

从 2015 年起，刘嘉坤又给自己提出了“永不停步、与时进取、追求梦想、村强民福”的精神要求与治村纲领。他把自己的“三永不”拓展到村里工作与奋斗目标上。追求梦想，就是实现九间棚人的美好梦想。村强，就是村子的整体实力要强，要有帮助穷人的能力；个人的企业强不算强，村子强了，才能帮穷人。民福，就是村民要幸福，不仅富裕，还要吸上新鲜空气、吃上“六不用”的食品，而且家庭和睦。

村里的党员说：“听话要听党的话，做人要做刘书记这样的人。刘书记说的只有那些，可是做的就太多了，我们天天看在眼里。”

“刘书记一年到头没有星期天，没有节假日，连正月初一也不在家陪亲人过年，可他的工资待遇却那么低。他每次出差都只住快捷酒店，回来后只报销路费和住宿费，连补助都不要。

带车出差时，他经常在高速公路服务区只吃一碗方便面就算一顿饭。”他的工作助理武刚说。

“他现在还住在村里最早建成的一个老旧小区里，那里去年才通暖气，天然气至今未通。他只会干活儿，一点都不会享受，让我们这些年轻人特别感动、深受教育。”九间棚村的“80后”村委会主任陈凡莉说。

财务会计还告诉我，刘嘉坤是云南农村干部学院等多所院校的客座教授。每次去讲课，校方都会按规定支付他一定数额的讲课费，但他一回来就把钱全部交到集团公司财务处。会计说，讲课是个人劳动，讲课费应该算个人所得。刘嘉坤说，我是村支书，村里给我发过工资了，我的全部时间便都是村里的，不该有其他个人收入了。这笔钱现总计几十万元，其中一部分用来给公司的党建书屋购买书籍、桌椅、视频设备等。

2016年，九间棚村梨花节期间，一位企业家的爱人带着亲友前来赏花，刘嘉坤安排自己的妻子王桂花陪同，其间就餐产生的费用全部由刘嘉坤自己买单。有人说：“这个企业家为村里贷款担过保、帮过大忙，办的是集体的事儿，理应由集体花钱招待呀。”刘嘉坤回答说：“公是公，私是私，不能混为一谈。在公和私分不清的时候，就得公而忘私。”

2. 群众的话说得再难听，也要听

在一个闷热的夏天，刘嘉坤与我从农场回来，接了一个电话，是村里一个群众向他反映自己的困难，同时也反映了村干部的事情。挂了这个长达半个小时的电话，我们一起赶到现场了解情况，提出处理意见。当时正是中午，天气很热，处理事情的时间又太长，我身体也吃不消了。我说："嘉坤呀，这样不行，你太累了。"嘉坤说："老百姓的事情，不管他说得对不对，也得听着。矛盾不处理，就容易激化。"

习近平总书记在 2013 年 11 月 25 日的讲话中说："军民水乳交融、生死与共铸就的沂蒙精神，对我们今天抓党的建设仍然具有十分重要的启示作用。希望大家发扬光荣传统，总结实践经验，把党的建设抓得更扎实、更有效。"刘嘉坤想，九间棚村里"把党的建设抓得更扎实、更有效"的问题，也需要解决了。

村里党建最大的难题是队伍建设弱了。在最困难的时候，刘嘉坤想的不是自己干不干的问题，而是自己不干了谁来干的问题。他考虑过把九间棚村打造成景区，让最没有能力的人哪怕是卖地瓜、卖野山药，也能吃上饭。所以，1996 年，他在村里成立了平邑县的第一家旅游公司。他也考虑过发展金银花产业，让村里人都过上好日子，可是他也考虑到了市场经济的残酷无情，如果九间棚的企业垮了，村里人怎么办？

刘嘉坤思来想去，发现最关键的还是人的问题，是党员问题、党的队伍建设问题。莱西会议后，沂蒙精神得到大力宣传，全国各地的人千里迢迢来看九间棚，最关心的也是党的建设问题。当初的“擎天九柱”，有的已经去世了，有的则老得走不动了，只有刘嘉坤还在撑着，其肩上的担子足有千斤重。

2020 年，九间棚已有 100 多名党员。队伍壮大了，可是党员能不能起到带头作用？年轻的党员们能不能像他一样，把老百姓的事情看得大过天？这是刘嘉坤最没有把握的事。九间棚吃过教训，刘嘉坤一想起来心里就难受，他想：光靠自己带头还不行，对于个别不自觉的人，还是得靠管理。

在九间棚几十年起起伏伏的发展过程中，刘嘉坤清楚地看到了谁是真正的共产党员，谁又是不够格的共产党员。有的党员在个人利益与集体利益面前，首先考虑个人利益；有的甚至为了个人利益净出坏点子。个别党员干部的不良形象，在群众中产生了很坏的影响，有些群众在向刘嘉坤反映问题时说得很难听，让他脸上火辣辣的。

刘嘉坤发现，虽然他们在抓党员干部队伍的学习和管理工作时采取过很多措施，但这些措施在个别人身上基本没有起到什么作用，也很难达到群众满意的效果。群众的话说得再难听，也要听。刘嘉坤觉得，自己村子的党建没有发展、没有找到新路子，责任在支部、在自己身上，自己对不起党。

九间棚村是党性教育基地，全国各地来九间棚参观学习的人，都是抱着很大希望来的，人家来学九间棚的什么呢？九间棚应该怎么做才能不辱没自己的名声呢？作为九间棚村的党委书记，刘嘉坤深感压力越来越大，他经常围绕着九间棚的过去、现在与未来琢磨来琢磨去，认为应将九间棚村的名声与九间棚每一位党员的名和利挂起钩来。抓党建，除了靠优秀党员带头，还得靠制度、靠群众、靠利益挂钩。

3.“六不用”农场的试点

一个偶然的机会，让九间棚村的党建工作有了转机。刘嘉坤喜欢看书，每次去车站、机场都会抽空逛逛书店。一次，他在西安火车站的书店买到一本书，是李荣、张广科编著的《积分制管理概论》，书里介绍了湖北省荆门市白石坡社区的积分制管理经验。上了车，他就迫不及待地打开书翻看。看到人家的好做法，他情不自禁地写下：“这个办法好！”他还在旁边批注：一、把合适的人放在合适的岗位上；二、发挥其最大潜力；三、让其得到最合理的回报。

在这个案例的启发下，结合九间棚村和企业的实际发展需要，刘嘉坤开始规划设计有特色的、创新性强的、实用的管理办法。他反复观看学习“品绩考评”专家魏志勇的讲座录像，多次邀请“四个体系”建设专家刘战到九间棚现场授课，多次组织九间棚党委成员和企业高管人员到湖北省荆门市群艺集团听取李荣董事长的积分制管理课程。刘嘉坤结合这几种管理办法，下大功夫亲自制定了九间棚企业积分制管理方案与党组织积分制管理办法。这套方案是刘嘉坤熬夜一笔一画写出来的，其间反复修改了 21 稿。该方案按照党员干部责任，分层制定奖分罚分标准，实行精细化、规范化、科学化管理，形成集权责绩效机制、评价考核机制、兑现挂钩机制与监督机制于一体的体系。

2018 年，刘嘉坤下决心先成立一个积分制管理示范点，就从寿山科技农场（即“六不用”农场）开始。他把只有十个职工的小农场接过手来，自己直接兼任董事长，从 2019 年起试行积分制管理。

新管理办法执行后，大家一开始还感觉新鲜，可是一旦落实，就又紧张起来。“六不用”农场对食品健康与生态保护要求特别严格。规定在整个工作流程中，职工的基础分是 2700 分、年终奖是 2700 分，其下又有若干细则，如：南瓜若被老鼠啃了，就不能再喂猪，如果喂了就扣 10 分；若未将被老鼠啃了的南瓜及时深埋，也扣 10 分；清理老鼠尸体后没有洗手消毒，也一次扣 10 分……一条一条定得很细。除此之外，刘嘉坤还对厨师、服务员、养殖职工的职责分别做出规定，比如，在对养殖职工提出了 13 项生产管理任务后，他又列出 12 条奖分项与扣分项，并将之细分为若干细则。这些规则纵横交错，构成了一张庞大而细密的分数网。

积分制管理法刚执行的时候，大家都喊“受不了”“没法干了”，也有人说“都是老农民了，再搞这一套，太复杂了”。可是这一管理方法仅实行了一年，农场就风气大变。刘甲德、刘甲海一直负责养猪，二人承包一年收入 5 万元，他们觉得这活儿又脏又累，都有点儿不愿干了。实行积分制后，刘嘉坤规定，若把猪、牛、羊、鸡等禽畜的粪便再晒干发酵，就可以加 60 分。这样一来，他们就可以多挣 5 万元，相当于较往年翻了一番，他们的积极性自然也就高涨起来。

有了标准，大家都由“站着看”变成“争着干”了。负责农场积分管理的 64 岁的老党员程明臣说：“这个办法是公司管理中的新法子，太好使了。”

4. 全面实行党建积分制管理

试行积分制管理两年后，只有十个人的小农场有了明显改观，这极大地增强了刘嘉坤的信心。于是，一种九间棚式的党建积分制管理法便在龙顶山上推行开了。

在动员大会上，刘嘉坤诚恳地说，我们每位党员都要真正做到不忘初心、牢记使命，把入党誓词记在心里、落实在行动上。抓好党组织建设是首要任务。面对新形势，九间棚如何不再犯之前犯过的严重错误——没把路子理好，没把人用好，没把来之不易的钱用到“刀刃”上？如何走好今后的路？如何提高我们九间棚的美誉度？如何把我们九间棚的企业做优、做强、做长久？如何让我们九间棚人过得更幸福快乐？必须要有一个党的好班子，必须要有一套能使党员发挥模范作用的好制度，必须要有一支能冲锋在前的坚强的党员队伍。我经过苦思冥想，意识到，要想做到以上的“五个如何、三个必须”，唯有一个办法，那就是全面地、丝毫不敢马虎地实施精细化管理。只有这样，才能全面提升我们党员在群众中的威信，使党员真正发挥模范带头作用；才能带领我们九间棚的全体村民和企业职工，实现我们的美好目标。

刘嘉坤绞尽脑汁起草制定了全面实施积分制管理试行方案，交给大家讨论修改。

全体党员参加了讨论。发言时，有人说，当今社会的方方面面都已进入前所未有的激烈竞争状态，九间棚发展到今天，同样被卷入了激烈竞争的大潮中，要想提升自身竞争力，就必须全方位地强力推进精细化、高标准的积分制管理。

负责农场积分制管理的老党员程明臣也现身说法：“刚开始，我也觉得老农民学不会‘洋玩意’，不想操这个心。试了两年，发现这个办法确实管用，能让每个人自己管自己，人人都是监督者，人人都是被监督者。这是党员自己管理自己最有用的方法。”

九间棚党委连续开了七次党组织会议，确定了系统、具体的党建积分制管理法：

第一步，确定权责，明确标准。其核心是制定工作职责标准化细则，重点是奖分扣分规定，如业绩方面的奖分扣分、品行方面的奖分扣分。确定权责分是整个制度的基础，九间棚村党委所属党支部按岗位送分，这是标准分，也是责任分。比如，2021 年，九间棚村党委书记送分 10000 分、党委副书记 9000 分、党委委员 8000 分、各党支部书记 7000 分、各党支部副书记 6000 分、党小组组长 5000 分、普通党员 4000 分。从党委书记到普通党员，七个层次、七个标准体系。党委委员只有庄洪兵一个人，他的标准体系中含职责 8 项、奖分扣分项 15 条、行为奖分扣分项 9 条。他是新疆分公司的总经理、党支部书记，所以将“按时发放工资”列入对他的考核中，这对提升少数民族职工对公司的信任度很有意义。同时，该管理法对全体党员的评价标准也有 30 多条，其中有一条是不允许出现不孝敬老人的现象，否则扣 500 分，占比很重。

第二步，党员全面参与，考核打分。九间棚规范党组织建设，把九间棚村、旅游公司与农场合并为农业党支部，又把北京、新疆、甘肃、山东等地的单位规划为十个党支部，日常由自己统计打分，年底由组织考核打分。为了鼓励全村与集团公司各单位的党支部、党小组负责人大胆创新，实施好积分制管理方案，该办法给予各层级干部、各支部书记及党小组组长一定的奖分扣分自主权。

第三步，评价客观，挂钩兑现。在对各公司进行考核时，考核内容同九间棚村党委与集团公司的考核内容保持一致，包括“对党建工作重视程度”等五项；公司管理规范方面，包括“打造队伍，下功夫形成你追我赶好氛围”等五项。

第四步，运用考核结果，有奖有罚。制定员工目标标准化待遇方案，公平合理、奖罚有据，真正体现多劳多得的分配原则，使每位员工力气有地方出、能力有地方用、做事做到位，进而心情舒畅地工作。从 2020 年考核的结果看，支部考核最高分为 795 分，最低分只有 289 分。而且这两个支部都在西北地区的同一个省，谁先进、谁后进，清清楚楚。

第五步，相互监督，共同进步。积分制奖分扣分，全员参与，人人都是监督者，也是被监督者。实行每月一次的全员评议，每个党员都有对其他党员奖分扣分的权利。在对党委书记刘嘉坤进行考评时，除了各党支部的负责人外，还有两名普通党员、两名普通职工、两名普通农民参加。

九间棚村党委成立党建积分制管理领导小组，党委书记担任组长，纪检、法务、财务负责人一并参加。同时成立决策目标小组、执行责任小组、考核监督小组、奖罚兑现小组，由党委书记与纪检、法务、财务负责人分别牵头。

这样一来，积分制管理就形成了权责机制、评价考核机制、兑现挂钩机制与监督机制。

作为党委书记，刘嘉坤在他所拟的积分制管理规定中，对自己的要求非常严格，规定自己的首要职责就是“爱党、爱村、实干，为村民、为员工奉献自己百分之九十五的时间、精力和能力”。

在执行奖分与扣分规定时，他们特别注重维护干群关系。刘嘉坤对自己提出要求，倘若自己对村民、员工关心不够，如对群众反映的问题及提出的合理要求漠视推诿，则扣 200 分～500 分。我注意到，有一条规定是“打电话不接”——一次不接扣 50 分，第二次还不接扣 100 分，连续三次不接扣 300 分并在全集团公司通报；因开会等特殊情况不能接电话，应及时回复信息或向办公室说明事由，事由充分可不扣分。为什么加上这一条？刘嘉坤解释道：水乳交融、生死与共的沂蒙精神要在新时代发扬光大，这是总书记对我们沂蒙人的重托，所以我们尤其要重视沂蒙精神中特别强调的干群关系。

全面实施决策目标、执行责任、考核监督、奖惩兑现等四大体系建设积分制管理，也使党员的模范带头作用得到充分发挥，有效提升了党员在群众中的威信。

党员刘立忠过去在旅游公司工作，一个月挣 3800 元。他嫌收入低，故而作风散漫，还经常发牢骚。刘嘉坤说："你是党员，应当带头。"刘立忠说："你得给我带头的机会。我想去农场，你让我去吧？"刘嘉坤说："农场积分考核太严，你若受得了，就去。"刘立忠在农场的第一年，不适应农场的考核标准，还是按以前散漫的工作方式来，年收入一下子降到了 28000 元。刘嘉坤问他服不服，他说服也不服。服是服农场的考核，不服是以后自己也要干出个样儿来。

农场不用除草剂，锄草工作量大，2020 年，刘立忠按照积分制度去做，仅用下班后的时间就锄草 80 亩，仅凭这一项，一年就加了 28000 分。他当过兵，会开车，这一技能也派上了用场。通过积分制管理，刘立忠的能力得以发挥，形象也提升了，大家夸赞他成了好党员，而他的个人收入也在 2020 年增至 47000 元。

实行积分制管理后，党员干部呈现出新的精神面貌，群众与党组织联结得更紧密了，感情也更深了。

第三节　沂蒙精神的发扬光大

1. 八十年铸就的精神

1939 年八路军进入沂蒙山区以后，是沂蒙精神的起源与形成阶段；1989 年以后，是沂蒙精神概念的提出与发展阶段；2013 年以后，是沂蒙精神的升华与全面弘扬阶段。对九间棚人来说，从 2013 年开始，他们进入了创业的第四个阶段，即帮助西部地区脱贫与九间棚金银花产业同步快速发展的阶段。可以说，九间棚的发展与沂蒙精神发展的三个阶段是同频共振的。

九间棚精神是沂蒙精神的重要组成部分，它于革命战争年代萌生，于改革开放初期被总结提出，在脱贫奔小康的新时期被发扬光大。

九间棚精神也是共产党人带头为人民谋幸福时体现出的一种奋斗精神。几十年来，龙顶山上，上演过一代代共产党人可歌可泣的动人故事。

九间棚人永远记着这样几件事：

一场仗，全村支前，中国共产党唤醒了沉睡的村庄。1940年6月，八路军115师某团1营驻扎左廉庄（今和乐村），九间棚的石棚外也住过八路军。当时，深明大义的九间棚人全力支前：刘学明、刘学民筹粮拥军，刘德付、张德功踊跃参军捐躯战场，刘德功、刘德兴参加民兵团南下支前，刘德明、刘德山参加民兵团支援淮海战役……男人们迎着炮火抬担架、送军粮，妇女们听着炮声筹粮草、做军鞋，他们爱党爱军，无私奉献，无怨无悔。共产党解放了人民，也激起了人民的斗志。九间棚精神开始萌芽，与沂蒙精神同根同源。

一根电线杆，犹如一座灯塔，共产党员挺身而出，掀开了九间棚人反贫困的一页。20世纪80年代，九间棚人在党支部的带领下架电进村，800米的高压电线需要架设9根高压线杆，可上山没有路，而且崖陡壁峭。党支部书记刘德敬从赵家庄骑自行车到县城买来尼龙绳，党员廉茂元锯来10根槐木杠子，团支部书记刘嘉坤选来22名青壮年劳力，用杠子、绳索摽紧，把900公斤重的高压线杆放到了二十几个人的肩膀上。9道沟壑、10道山梁，肩扛怀抱……他们在悬崖上凿坑、将高压线杆立牢，终于将输电线牵上了龙顶山。关键时刻，组织协调的人、冲锋在前的人，全是共产党员。就是那个时期，九间棚精神与沂蒙精神相继被提出。

一人援疆，全家都上，展示出九间棚人志在帮助贫困人民实现共同富裕的博大胸怀。刘嘉坤常说："一村富，不算富；大家富，才是富。党和政府给了九间棚和我这么多的荣誉，我们绝不能只盯着九间棚这一亩三分地。"为了让金银花在祖国大地上"开金绽银，造福于民"，从2013年开始，刘嘉坤带领精兵强将，把金银花种到了云南、甘肃、新疆等祖国的贫困地区，用五六年的时间帮助5万多户20余万人靠金银花产业脱贫致富。跟无数屯垦戍边的老一辈英雄一样，九间棚人扎根边疆谋发展，进村入户宣传推广，与少数民族朋友同吃同住同劳动，种给他们看，领着他们干。九间棚新疆分公司的庄洪兵、张荣杰更是把妻儿都带到喀什地区的岳普湖县，把家安在了那里。九间棚人为实现全国人民共同富裕而不畏艰难、甘于奉献的精神，是中华民族伟大精神的突出体现。

一眼井、一个农场的奉献，展现出九间棚人紧跟党走现代化农村建设道路时崇高的精神风貌。怎么把地下水抽出来，是长期困扰九间棚人的难题。年轻后生刘丞铭拿出 30 万元积蓄，在自己的农场里放线立杆，一直打到 260 米深，甘甜的地下水喷涌而出。当时，村里组织土地流转，很多群众犹豫不决，刘丞铭便当众宣布把这口井与自己的农场无偿交给村集体，为生态农场的发展做出了重大贡献。

一件件事、一幅幅画，连成一条时光隧道，牵引着九间棚走过了八十余年。在这八十余年中，一条主线贯穿始终：党为人民，民心向党，甘苦与共，水乳交融。

2. “九间棚不简单”

九间棚人记着 2013 年 11 月 25 日这个日子，还因为习近平总书记交给沂蒙山人一个发扬光大沂蒙精神的任务。七年过去了，九间棚人交上了一份漂亮的答卷。

2020 年 10 月 4 日，临沂市委书记王安德来九间棚调研。他参观了石棚，看了九间棚展览馆，围绕着沂蒙精神与九间棚精神说了三句话：九间棚精神是沂蒙精神的重要组成部分；九间棚精神与沂蒙精神同根同源，都是党领导人民、为人民幸福而奋斗的精神，艰苦奋斗是表现，党群关系是本质；要在振兴农村的过程中发挥九间棚的典型作用，发扬光大九间棚精神。

九间棚精神与沂蒙精神这两个概念，都是1989年提出的，其要点是加强党的领导、密切党与人民群众的关系。1990年莱西会议召开后，中共中央把九间棚作为农村基层党组织的先进典型推向全国。1992年至1995年，中共临沂地（市）委连续表彰988个农村党支部为九间棚式先进党支部。事实证明，学习九间棚精神，对于加强基层组织建设、振兴农村有着重要作用。

当前，有人认为九间棚精神已经过时，王安德书记说，他们这是不懂九间棚精神的本质。艰苦奋斗是九间棚精神的表象、标志，而党领导人民、为人民的幸福而艰苦奋斗则是其根本。共产党人敢于担当、顽强拼搏、鞠躬尽瘁的精神，以及“不服输、不停步、不变色”的精神，是九间棚精神的精髓，也是习近平总书记期待沂蒙精神在新的时代条件下继续发扬光大的原因。

有人认为，九间棚人把金银花种植技术带到全国，对平邑金银花市场造成了挤压。这种论调显然是拿不上台面的。九间棚人把金银花的优良品种推广到全国，与袁隆平之于水稻、李登海之于玉米的创新、培育、推广一样，做的是造福广大人民群众的事。九间棚的金银花产业帮助中国最贫困地区的20万人脱贫，这一业绩在中国脱贫进程中称得上“伟大”。

我们看到，刘嘉坤他们没有因为这些非议而裹足不前，不仅将金银花种植技术与产业链条广泛推广，而且将沂蒙精神带到了西部边疆，使边疆人民获得了脱贫致富的强大精神动力。

有一段时间，人们为九间棚在建设药厂期间因投资周期长而负债的情况感到担忧，认为应谨慎宣传九间棚，甚至不再宣传九间棚。这种担忧是不必要的，因为这在企业的发展过程中是正常的运营现象。2020 年末，中央企业平均资产负债率为 64%，九间棚企业的负债率是远远低于这个数字的。况且药厂现已投产，不少产品供不应求，发展前景广阔。所以，过分渲染、夸大企业发展中暂时遇到的困难，是不理智、不客观的。发展从来不是一帆风顺的，所以我们既钦佩那些历尽坎坷却斗志不减、愈挫愈勇的企业家，也钦佩那些正视失败、理解企业困难、诚心诚意帮助企业发展的领导干部们。省里的、临沂的不少领导，都在九间棚最为困难的时候给予其关爱，伸出了援手，激励着九间棚人顽强拼搏、锐意进取。

九间棚遇到的困难，大多是发展市场经济经验不足所致，并非九间棚精神出了问题，抑或刘嘉坤这个人出了问题。九间棚的党员们，历经风风雨雨，始终保持着共产党人的本色，不忘初心，团结群众，在艰难中不懈探索，特别是刘嘉坤身上的那种公而忘私、舍身忘我的精神，更是鲜活地诠释了中国共产党的宗旨与本质。

九间棚这一典型产生于伟大的脱贫运动中，伴随着莱西会议的召开与沂蒙精神的宣传推广成长起来，逐渐为全国人民了解、传颂。在莱西会议召开之前，《人民日报》头版刊登的新华社消息，就以赞扬九间棚共产党员的公而忘私精神为主题。九间棚这个典型，体现着莱西会议与沂蒙精神的精髓，承载着几代共产党人的期望。

人们可以指责九间棚在经济发展中遭遇的挫折、失败，但刘嘉坤等九间棚共产党人的这种大公无私、坚韧不拔、与人民群众同甘共苦的精神不应该受到质疑。刘嘉坤之所以在吃了那么多苦、受了那么多罪的情况下，依旧不屈不挠、无怨无悔地带领着九间棚的老百姓朝前走，不仅是因为他有着高山深谷赋予的倔强性格，更是因为他对父老乡亲们永远怀揣着一颗赤诚之心。周围的人看到刘嘉坤承受了那么大的压力，白天黑夜地忙，拼死拼活地干，私下里常说“刘书记太苦了，太可敬了”。说这话的不是三五个人、十个八个人，而是成批成群的人。所有这些都足以证明，历史不仅磨砺着九间棚这个典型，考验着干部们的胸怀、智慧、眼光与仁善，同时还验证着群众的人心向背。

我们说的党群关系，在九间棚表现出两种形态：一种是纵向的关系，是刘嘉坤等党员与村里群众的关系，是对莱西会议以来日益突出的党的核心作用的切实发挥；一种是横向的关系，是中国东部先进地区对西部后进地区的帮扶关系，是党群关系的拓展与升华。两种形态汇聚到一个焦点上，就是党要为人民服务，让人民过上幸福的生活。这种初心，跨越时空，是我们共产党人克服众多困难而永葆青春活力的原因，也是九间棚这面红旗始终屹立不倒的原因。

长久以来，有两条线始终在我的脑海中交织着：一是习近平总书记在接见刘嘉坤等沂蒙山区人民代表时，发出的让沂蒙精神在新的时代条件下发扬光大的号召；二是九间棚在脱贫后，把金银花产业做到新疆等贫困地区去的壮举。这两条线交织在一起，令我在调研、写作时，心里总是揣着几个问题：九间棚精神到底是什么？九间棚典型与沂蒙精神的内在联系是什么？刘嘉坤与九间棚人在中国全面建成小康社会中做了哪些事情？沂蒙精神在扶贫攻坚中是怎样获得新的发展的？

事实证明，在金银花产业发展的过程中，沂蒙精神的重要组成部分——九间棚精神得到了升华，在全国范围内得到了弘扬。可以这样说，刘嘉坤与九间棚人没有辜负习近平总书记的期望，为临沂、为山东交上了一份优秀的答卷。

我到新疆走访，在看到《九间棚》电视片受到当地群众发自内心的欢迎时，不由得心潮澎湃，切实感受到九间棚精神和沂蒙精神在边疆落了地。我亦感到惭愧：刘嘉坤做了这么多轰轰烈烈的事，为党争了光，而我竟知之甚少。

2020 年 6 月 11 日，我当面向 103 岁高龄的老一辈领导人宋平同志汇报了九间棚人在新疆的扶贫事迹。老人家说：“在新疆扶贫，能做到这样，九间棚不简单”，“党员发挥作用，关键是坚持”。是啊，九间棚“不简单”。在中国全面建成小康社会的进程中，九间棚是一个“不简单”的样本。

2021 年 1 月 11 日，在山东沂蒙精神研究会成立大会暨沂蒙精神与新时代党群关系理论研讨会上，我做了演讲，介绍了九间棚人在 2013 年后的七年间提炼出的经验：

经验之一：要在思想上固根守魂，坚持为人民的幸福而奋斗，得到人民的拥护与支持，形成更强的凝聚力。

经验之二：要在更大范围、更长时间与更深层次上，使沂蒙精神获得新实践的认可，成为国家兴旺发达的新鲜的原动力。

经验之三：要把党的建设抓得更扎实、更有效，使之进入制度与操作层次，使党员干部队伍保持更充沛的发展活力。

经验之四：要始终坚持守正创新，勇于探索，解决党和国家新的难题，从而使沂蒙精神获得崭新的生命力。

经验之五：要坚持唯物主义，积极深入调查，善于总结实践经验，使沂蒙精神的研究水准进一步提升。

九间棚人的实践为沂蒙精神的发扬光大开辟了一条道路，

展示了沂蒙精神在新时代的强大生命力，它为中华民族伟大复兴的宏伟画卷添上了重要的一笔，体现出了这一史诗般变革的重大价值。

后记

1995 年，沂蒙人民历经十余年奋斗，使沂蒙山区在全国 18 个重点连片扶贫区中率先实现整体脱贫，翻开了中国脱贫史上新的一页。九间棚村是沂蒙山区脱贫运动中的代表，也是中国脱贫史上的一个典型。

几十年过去了，2020 年，我国实现全面脱贫，全面建成小康社会。如果说沂蒙山区的脱贫在中国脱贫史上是一个伟大的开篇,那么边疆地区的脱贫则无疑是一个辉煌的尾声。为了这个尾声的完满，九间棚人做了很多努力，其不服输、不停步、不变色精神在一系列壮举中表现得淋漓尽致。就全国范围而言，在全面建成小康社会的伟大征程中，这确实是一个难得的既“开好头”又“结好尾”的典型。

中国实现脱贫、奔向小康并不像素描那样轻描淡写，亦不像年画那样平板喜庆，而像一幅色彩丰富、光影交织的油画。就九间棚人遇到的这些磨难来说，一部中国脱贫史，实是一部全国人民艰苦卓绝的奋斗史。所以，我想把这些写下来，作为对中国实现脱贫、走向小康历程的一次历史性解剖。

我现在主要在做宏观形势与国企政策的研究，仍然很忙，然而又常常觉得现在的一些年轻人不太会做调查研究，我们老同志要为他们做出样子。今天，付诸笔墨的，是我长期调查研究的结晶。

在这本书中，我写下了这三十余年来自己看到的、听到的、想到的，其中有不少资料都是首次披露。

1989 年，我第一次住到九间棚村，而且住了 52 天，深入了解了村情村貌，还和村里的乡亲处成了亲人。我下山时，嘉坤的母亲拉着我的手直流泪，连声问:“儿啊，啥时回来？”

我自己也掉泪，说不出话来。后来，嘉坤的母亲也就真成了我的娘——她先喊我“李主任”“李记者”，再叫我“李哥”“他哥”，后来喊我“济南儿”，最后见面直接喊“儿啊，回来啦”，拉起我的手就往家走。老人73岁那年，身患重病，我把她接到济南家里住着，带她跑遍了济南的大医院。拿药时，老人舍不得花钱，硬要回家。我拉住老人的胳膊，一下子掏出500元钱（当时，我的月工资只有76元，500元差不多是我半年的收入）。后来，我们又到一位老中医家中问诊，医生问：“听口音，这位姓李的应该是南方人，不是你亲儿吧？”老人说：“这是俺的‘济南儿’，比俺亲儿还亲。”2014年春节期间，老人家去世，我赶到九间棚村和嘉坤一起为老人戴孝送终。

一晃，我来这个村子已三十余年，村里的老人走了不少，当年的姑娘成了媳妇、婆婆，孩子们也大多进了城。我每次来都挨家走访，叙叙旧情，感慨甚多。我享受着村里人对我的热情与友善，更热爱着他们的淳朴与善良。

“吾实山中人，心早归山中。”自从2015年4月把家安在九间棚，我就成了村里的人；而九间棚于我，也是“此心安处是吾乡”了。